素浪人稼業【一】

藤井邦夫

コスミック・時代文庫

この作品は二〇〇七年四月に刊行された『素浪人家業』
（祥伝社文庫）を底本としています。

目次

第一話　その首十石

一

空は蒼《あお》く晴れ渡っていた。

父の遺《のこ》してくれた羽織は、微《かす》かに黴《かび》の匂いがした。

仕官話がきた時、逸《いち》早く風を通しておくべきだった。

矢吹平八郎《やぶきへいはちろう》は悔《く》やんだ。だが、新しい羽織を用意する金も暇《ひま》もない。

ま、芝口《しばぐち》二丁目に着くまでに黴臭さは抜けるだろう。

平八郎は、父の形見の羽織を着て腰高障子を開けた。

向かい側には九尺二間の九尺店《だな》が四軒並び、横手に三軒連なっていた。

平八郎は、間口九尺奥行二間の家が八軒ある棟割《むねわり》長屋の家を出た。そして、左手奥にある厠《かわや》を使い、井戸で手と顔を洗って髷《まげ》を整え、お地蔵長屋の木戸を潜《くぐ》った。

木戸の傍《そば》には、長屋の名前の謂《いわ》れとなった古い地蔵がある。平八郎は、風雨に目鼻を削《けず》られた古い地蔵に手を合わせて往来に向かった。

神田明神下《かんだみようじんした》の往来は、神田明神や湯島《ゆしま》天神、そして不忍池《しのばずのいけ》に続いている。平八郎は往来を南に進み、神田川に架かる昌平《しようへい》橋を渡った。そして、八《や》ッ小路《こうじ》を抜けて大通りを日本橋に向かった。

平八郎に仕官話が舞い込んだのは、五日前だった。

口入屋『萬屋《よろずや》』の主の万吉《まんきち》が、豊後《ぶんご》笠岡《かさおか》藩五万石中沢《なかざわ》家の家来新規召抱えを報せてきた。

笠岡藩中沢家は、家来を新たに一人召抱えるべく伝手《つて》に周旋を頼んだ。その情報が、巡り巡って口入屋の『萬屋』にまで流れてきたのだった。

三十歳前の独り身で係累が少ない者。それが仕官の唯一の条件であり、平八郎にぴったりだった。

豊後笠岡藩の江戸屋敷は、鉄砲洲《てつぽうず》に上屋敷、芝口二丁目に中屋敷、そして目黒《めぐろ》に下屋敷があった。

　仕官の面談場は、芝口二丁目の中屋敷だった。

　平八郎は、溜池《ためいけ》からの掘割に架かる芝口橋を渡り、芝口一丁目に入った。笠岡藩の江戸中屋敷は、二丁目の町家の連なりを右に曲がった処《ところ》にあった。

　笠岡藩江戸中屋敷の門前には、一人の浪人が佇《たたず》んでいた。

　浪人は、平八郎より幾つか年上に見えた。久々に髭《ひげ》を剃《そ》ったのか、青白い顎《あご》に小さな切り傷を幾つか残していた。

「貴殿も仕官願いでお見えですか」

　平八郎は浪人に声を掛けた。

　浪人は、険《けわ》しい眼差《まなざ》しを平八郎に向けた。

「私もです」

　平八郎は笑って見せた。

　浪人は無愛想に頷《うなず》き、笠岡藩江戸中屋敷の門を潜って行った。その羽織袴は、古く質素なものながら清潔で火熨斗《ひのし》が当てられていた。

　仕官が叶《かな》うのは一人。浪人にとって平八郎は仕官の敵でしかない。惨《みじ》めな暮らしから浮かびあがれるかどうかの瀬戸際なのだ。

愛想良く笑ってなんかいられないか……。

平八郎は大きく深呼吸をし、浪人に続いて中屋敷の門を潜った。

笠岡藩江戸中屋敷には、十人ほどの浪人が集まっていた。

平八郎たち浪人は、世話役の江戸詰藩士松井市兵衛《まついいちべえ》に身上書を差し出して広間で待った。

浪人たちは一人ずつ座敷に呼ばれ、笠岡藩江戸留守居役梶原左兵衛《かじわらさへえ》と面談した。

待合の広間には、平八郎と無愛想な浪人が残っていた。

「夏目源之助《なつめげんのすけ》どの……」

廊下に世話役の松井が現れた。

「はい」

無愛想な浪人・夏目源之助は、溢《あふ》れ出る緊張を引き攣《つ》った作り笑いで隠した。

「お待たせ致しました。どうぞ……」

夏目源之助は、強張った足取りで松井の後に続いて行った。

平八郎は、じっと座って待つことに疲労を覚えた。

いつもなら日雇い仕事で身体を動かし、仕事仲間と大笑いをしている時だ。

平八郎は、微かに寂《さび》しさを感じた。

「矢吹平八郎どの……」

松井がいつの間にか廊下にいた。

「待ってました」

平八郎は思わず叫んだ。


江戸留守居役梶原左兵衛との面談は簡単なものだった。

梶原が身上書から眼をあげた。

平八郎は思わず身構えた。

「矢吹平八郎どのか……」

「はい」

「歳は二十五。係累なし……」

「はい」

「浪々の身には、いつから」

「父の代からです」

「左様か……」

「まこと、係累なしの天涯孤独《てんがいこどく》かな……」

梶原は探る眼差しを向けた。

「如何《いか》にも、相違ござらん」

平八郎は、思わず胸を張った。

いつも、係累のない寂しさを噛《か》み締《し》めているのも忘れて胸を張った。

「うむ。で、学問は……」

「井上伯道《いのうえはくどう》先生の天生塾《てんせい》で少々……」

嗜《たしな》んだが、文字通り〝嗜んだ〟だけであり、自信はない。平八郎の声は小さかった。

「剣は神道無念流《しんとうむねん》とあるが……」

「はい。免許皆伝の印可を戴いております」

平八郎は笑みを浮かべ、腰を伸ばして胸を張った。

「左様か……」

梶原の反応は薄かった。

「はあ……」

「うむ。ならば松井……」

「はい。では矢吹どの、控の間に……」

面談は呆気《あつけ》なく終わった。

平八郎は松井に促《うなが》され、待っていた座敷とは違う控の間に入った。控の間には、夏目源之助が一人いた。

夏目は、戸惑いを浮かべた。

平八郎は僅《わず》かに頷き、夏目の隣りに座った。

「暫時《ざんじ》、待たれよ」

松井は平八郎と夏目を残し、控の間を出て行った。

「どうやら、お主か私のどちらかが仕官の望み、叶うらしいですな」

夏目は平八郎を一瞥《いちべつ》し、眼を閉じた。

沈黙が訪れた。

夏目は眼を閉じ、時の過ぎるのを待っている。平八郎は、夏目を真似《まね》るしかなかった。

刻《とき》が過ぎた。

「御免……」

松井が現れた。

平八郎と夏目は、弾《はじ》かれたように眼を開けた。

「お待たせ申した」

夏目は、松井の声に威儀を正した。

平八郎は慌てて真似た。

「御貴殿たちどちらも甲乙つけがたく、従って明後日午《うま》の刻九つ、当中屋敷に於《お》いて立ち合って戴《いただ》き、その勝敗をもってどちらかお一人に決め申す」

「立ち合いで……」

夏目が問い糺《ただ》した。その声には、微かな狼狽《ろうばい》が滲《にじ》んでいた。

「左様。宜《よろ》しいですな」

「しかと承《うけたまわ》りました」

平八郎は威儀を正して受けた。

「せ、拙者《せっしゃ》もしかと心得ました」

夏目は狼狽を隠し、平八郎に続いた。

腕に覚えはある……。

平八郎は、剣での決着を密かに喜んだ。

仕官は、明後日の立ち合いで決まる。

平八郎は、拍子抜けをした。

勿体《もったい》をつけやがって……。

夏目源之助が何流を使うか知らぬが、平八郎の見た処、勝機は充分過ぎるほどにある。

平八郎は、笠岡藩のやり方が面倒で煩《わずら》わしく感じた。

「それで明後日、笠岡藩の中屋敷に行くんですか」

口入屋『萬屋』の主・万吉は、眠たげな眼を平八郎に向けた。

「まあ、そのつもりだが……」

平八郎は言葉を濁した。

笠岡藩仕官への熱は、既に冷めていた。

「十石じゃあ物足らないようですね」

「ああ……」

笠岡藩新規召抱えは、十石取りの下級藩士に過ぎない。

「ですが平八郎さん。今時、五百石取りの仕官の口なんぞありゃあしませんよ」

万吉は目尻に四十歳過ぎ相応のしわを刻んで笑った。

戦いのない泰平の世、各藩とも家臣が余り、減らしたいくらいである。十石でも新規召抱えをするのは、珍しい事といえる。まして五百石取りでの仕官など、戦国の世で功名をあげたとしても中々ない話だ。だが、平八郎は五百石取りでの仕官を公言していた。

馬鹿な夢だ……。

他人はそう囁《ささや》き、笑った。

平八郎自身、五百石取りでの仕官など無理だと分かっている。だが、そう公言する裏には、武士の矜持《きょうじ》と浪々の身の言い訳が潜んでいた。

憐《あわ》れなもんだ……。

平八郎は、己を嘲笑《あざわら》った。

「それで平八郎さん、明日はどうするんです」

「それなんだが、いい仕事あるかな」

平八郎は身を乗り出した。

「そりゃあもう。給金が良くて、平八郎さんにぴったりなのがありますよ」

万吉が帳簿を捲った。

「よし、そいつを引き受けた」

平八郎は、仕事の内容も聞かずに請《う》けた。

「親父。その代わり、その仕事の給金、前借りさせてくれ」

平八郎は、万吉に頭を下げた。


深川六万坪の石垣積みは、万吉が勧めた通り確かに日当は良かった。だが、仕事の中身も給金に見合う厳しいものだった。

暮六つ過ぎ。

平八郎は神田明神下お地蔵長屋に戻り、井戸端で下帯一本になって水を浴びた。剣の修行で鍛《きた》えあげた身体は、仕事の疲れと水を心地良く弾き飛ばした。

長屋の他の家には明かりが灯《とも》り、家族揃《そろ》っての夕食に賑《にぎ》やかな笑い声が洩《も》れていた。

平八郎は手足を洗い終え、着物を抱えて家に戻った。

平八郎が雑炊を食べ終わった時、腰高障子が静かに叩《たた》かれた。

長屋に住む者は、戸を叩く前に声を掛けて顔を見せる。

訪問者は長屋の住人ではない。

「どなたかな……」

「矢吹殿……」

浪人が腰高障子を開けて入って来た。夏目源之助だった。

「こりゃあ、夏目さんじゃありませんか……」

「矢吹殿、夜分申し訳ない」

「いえ。良くここが分かりましたね」

「萬屋の主に訊《き》きましてね……」

「そうですか、ま、どうぞ」

平八郎は、夏目を居間に招いた。

「いや。ここで結構です」

夏目は框《かまち》に腰掛けた。

何の用なのだ……。

平八郎は、怪訝《けげん》な面持ちで夏目と向かい合った。

「で、ご用件は……」

「矢吹殿、どうかこれで明日の立ち合い、勝ちをお譲りいただきたい」

夏目は、五枚の小判を差し出した。

「五両で笠岡藩への仕官を譲れと仰るのか」

平八郎は問い質した。

「左様、この通りです」

夏目は土間に降り、手を着いて頭を下げた。

惨めな姿だった。

夏目源之助は、剣での立ち合いに勝てぬと読み、平八郎に頼みに来たのだ。

平八郎は戸惑った。

「矢吹殿、拙者には妻がおりましてな……」

夏目は意外な事を云《い》った。

仕官の条件は、独り身の筈だ……。

平八郎は疑問を抱いた。

「誤解されるな。今は離縁して独り身となっております」

夏目は慌てて訂正した。

「この五両は、その元妻が拙者の仕官の為に用意してくれたもので、決して怪しい金ではありません」

「夏目殿。お主《ぬし》、笠岡藩に仕官したいが為に奥方を離縁したのですか」

夏目はうろたえた。

「違う。それは違います。離縁は妻が望んだ事なのです」

「奥方が……」

「左様。拙者に仕官の望みを叶えてくれと云い、離縁を願ったのです」

夏目の妻は、夫の仕官を願って身を引いたのだ。

「矢吹殿、拙者はその妻の為にも笠岡藩に仕官をしたい。だが、明日の立ち合いでお主に勝てる自信はない。だから……」

「五両で勝ちを譲れと仰るか……」

「この通りです」

夏目は平八郎に再び頭を下げた。

惨めな姿が、不愉快な姿になった。

「お帰り下さい」

平八郎は冷たく告げた。

「矢吹殿……」

夏目は、平八郎に縋《すが》る眼差しを向けた。

「さっさと帰って下さい」

平八郎は、五枚の小判を夏目に押し戻した。

五枚の小判は、土間に落ちて軽い音を鳴らした。

「矢吹殿、そう仰らずに……」

「帰れ、帰ってくれ」

平八郎は怒鳴り、腰高障子を開けて夏目を引きずり出そうとした。

「や、矢吹殿」

夏目は驚き、慌てて散らばった五枚の小判を搔《か》き集めた。

ぶざまな姿だった。

怒りが突き上げた。

平八郎は夏目を外に放り出し、腰高障子を乱暴に閉めた。

十石での仕官の為、妻を離縁して武士の矜持を棄《す》てた男。

たった十石の為に……。

平八郎は、苛立《いらだ》ちと虚《むな》しさを感じずにはいられなかった。

万吉は、平八郎を怪訝に見上げた。

「あれ、笠岡藩の中屋敷に行かなかったんですか」

「ああ。親父、何かいい仕事ないか」

平八郎は、笠岡藩に仕官する望みを棄てた。

夏目源之助が、笠岡藩中屋敷に行ったかどうかは分からない。

平八郎は、夏目に仕官を譲った訳ではない。ただ夏目のぶざまな姿が、己自身を見ているように思えた。

他人が見れば、夏目源之助と自分は何も変わりはしない……。

形振《なりふ》り構わず餌《えさ》を求める惨めな野良犬。

平八郎は腹立たしくなり、笠岡藩中屋敷に行くのを止めた。

「昨日と同じ人足仕事なら、向こうはいつでも待っていますよ」

「待っているのか……」

「そりゃあもう。石積人足の親方が、浪人にしておくには勿体ねえと……」

「そうか……」

勿体をつけた笠岡藩の留守居役より、石積人足の親方の方が人を見る眼がある。

「よし。深川六万坪に行ってくる」

平八郎は、張り切って深川に向かった。

十余日が過ぎ、深川六万坪の石垣積みの仕事も終わった。

平八郎の懐《ふところ》は久し振りに温かくなり、駿河台《するがだい》小川町の剣術道場『撃剣館《げきけんかん》』に行く事にした。

『撃剣館』は神道無念流の岡田十松《おかだじゅうまつ》の剣術道場であり、平八郎は子供の時に入門して、若いながらも皆伝《かいでん》の印可を得ていた。

神道無念流は福井兵右衛門嘉平《ふくいへいえもんよしひら》を流祖とし、戸賀崎熊太郎《とがさきくまたろう》とその高弟岡田十松に引き継がれた流派である。そして、『撃剣館』は高弟が代々〝岡田十松〟を名乗って継いでいた。

神田明神下のお地蔵長屋から小川町の『撃剣館』までは、神田川に架かる昌平橋を渡って遠くはない。

平八郎は、『撃剣館』で汗を流そうと家を出て、木戸口の目鼻の崩れた地蔵に手を合わせた。

地蔵には世話になっている。

金のない時、地蔵に供えられた団子で密かに空腹を凌《しの》いだ事もあった。罰が当たったのか、腹をこわしたが……。以来、平八郎は毎日必ず手を合わせていた。

明神下の通りに出た平八郎は、神田川に架かる昌平橋に向かった。

神田川には荷船が長閑《のどか》に行き交っていた。

平八郎は昌平橋を渡り、駿河台小川町への坂道をあがった。

羽織袴の武士が、坂道を足早に降りて来た。

大名旗本の家臣と見える羽織袴の武士は、月代《さかやき》に薄っすらと汗を浮かべて平八郎と擦れ違った。

平八郎は思わず立ち止まり、坂道を降りて行く羽織袴の武士を振り返った。

夏目源之助……。

羽織袴の勤番武士は、夏目源之助だった。夏目源之助は、先を急いでいるのか平八郎に気付かず坂道を降りて行く。どうやら願いが叶い、笠岡藩に仕官が出来たようだ。だが、所詮《しょせん》は十石取りの新参者。夏目は、使いなどの雑用に何かと忙しい思いをしているようだ。

大名家には、それぞれ先祖伝来の家訓や仕来たりがある。

宮仕えに慣れる迄は大変だ。

平八郎は同情した。

だが、良かった……。

平八郎は微笑んだ。

夏目は仕官が叶い、妻と偽りの離縁をした甲斐があるといえた。笠岡藩に慣れ、家臣としての立場が固まれば、偽りの離縁をした妻を呼び戻せるのだ。

夏目源之助と妻は、いつの日にかそれが叶うと信じているのだ。

平八郎は夏目夫婦の幸せを祈り、弾《はず》んだ足取りで『撃剣館』に急いだ。

二

数日が過ぎた。

平八郎は普請場の手伝い人足の仕事を終え、神田明神門前の居酒屋『花や』を訪れた。

「邪魔するぞ」

「あら、いらっしゃい」

女将《おかみ》のおりんが、平八郎を迎えた。

「酒と飯を頼む」

平八郎は腰掛の隅に座り、おりんに酒と飯を頼んだ。

「惣菜は鯵《あじ》の干物と芋の煮っ転がし、それでいいですか」

「いいとも……」

「お父っつあん、平さんがお酒と御飯」

「おう」

貞吉《さだきち》の野太い声が、板場から聞こえた。居酒屋『花や』は、おりんの父親・貞吉が開いた店だ。おりんは、板前でもある貞吉を手伝い、『花や』を取り仕切っていた。

「おりん……」

板場から貞吉が、酒の燗がついたのを報《しら》せた。おりんは、平八郎に猪口《ちょこ》を渡し、ちろりの酒を満たした。

平八郎は酒を啜《すす》った。

「ああ、美味《うま》い……」

おりんは、平八郎の声に微笑んだ。

「今日はどんな仕事だったの」

「普請場の手伝いだよ」

「日銭を稼ぐのも大事だけど、平さんはお侍。早く何処かのお大名か旗本へ仕官をするのが一番なのよ」

平八郎より二歳年上のおりんは、弟に言い聞かせるように告げた。

「分かっている……」

おりんの説教は、決して不愉快ではない。

平八郎は苦笑し、手酌で酒を飲んだ。

「大体な、平さん。萬屋じゃあ良い仕事の周旋《しゆうせん》なんか出来やしねえぜ」

板前の貞吉が、飯と鯵の干物や芋の煮っ転がしを持って来た。

貞吉と『萬屋』の万吉は、何故か仲が良くなかった。

「そうかな……」

「ああ、そうだ」

貞吉は断定し、板場に戻って行った。

平八郎は、おりんを相手に酒を呑み、飯を食べた。

夜が更け、遠くから呼子笛《よびこぶえ》の音が聞こえた。

「あら、何かあったのかしら……」

おりんが戸を開け、外を覗《のぞ》いた。

幾つもの呼子笛の音が、星の瞬《またた》く夜空に鳴り響いていた。火の手は見えなかった。

「半鐘も鳴っていないし、火事じゃあないわね」

おりんが戸を閉めようとした時、常連客の二人の行商人が小走りにやって来た。

「いらっしゃい」

「女将さん、酒をくれ」

おりんは二人の行商人を『花や』の店内に迎え、戸を閉めた。

「何の騒ぎだい」

おりんは貞吉に酒の注文を通し、常連客の行商人たちに尋ねた。

「良く分からねえが、小網《こあみ》町の方に又、辻斬りが出たんじゃあねえのか」

「辻斬り……」

平八郎が眉を顰《ひそ》めた。

「あれ、知らねえんですかい平さん。今、江戸で噂の辻斬りを……」

行商人の一人が、驚いてみせた。

「そんなに噂になっているのか」

平八郎は、己の世間の狭さを恥じた。

「ま、それ程じゃありませんがね。一月《ひとつき》ほど前から時々、日本橋川界隈に現われていそうですぜ」

　別の行商人が笑った。

「そうか……」

　いずれにしろ平八郎は、辻斬り騒ぎを知らなかった。

　役人たちが辻斬りを追い詰めているのか、呼子笛の音が重なって鳴り続けていた。

　平八郎は不吉なものを感じた。


『萬屋』は、朝の日雇い仕事の周旋が終わり、静けさが訪れていた。

「邪魔をするぞ」

　平八郎は『萬屋』の暖簾《のれん》を潜った。

　帳場にいた主の万吉は、見ていた帳簿を脇に片付けて平八郎を迎えた。

「親父、何か良い仕事、残っているか……」

　平八郎は寝不足の眼をこすり、帳場の端に腰掛けた。

「平八郎さん、夏目源之助ってお侍、知っていますか」

「夏目源之助……」

不意に夏目源之助の名前が出た。

「ええ……」

「夏目は、俺と笠岡藩の仕官を最後まで争った男だよ」

「やっぱりそうでしたか……」

万吉は、平八郎に出涸《でが》らしの茶を差し出した。

「かたじけない」

平八郎は出涸らし茶を啜った。

「で、夏目がどうかしたのか……」

「腹を切ったそうですよ」

万吉があっさりと告げた。

「腹を切った」

平八郎は驚き、飲みかけた出涸らしの茶を噴き出した。出涸らしの茶は、霧となって辺りに飛び散った。

「汚いな……」

万吉は眉を顰め、手拭で顔に飛び散った茶を拭いた。

「親父、夏目が腹を切ったのに間違いないのか」

「ええ。一昨日の夜、笠岡藩の中屋敷の門前でお役人に取り囲まれて……」

「どういう事だ……」

平八郎は訳が分からなかった。

「私も詳しくは知りませんが、今、噂になっている辻斬り、どうやら夏目源之助だったそうですよ……」

夏目源之助は辻斬りを働き、警戒していた役人たちに追われ、笠岡藩の中屋敷に逃げ込もうとした。だが、中屋敷の門前で役人たちに取り囲まれ、覚悟の切腹をしたのだという。

「親父、間違いないんだな」

平八郎は念を押した。

「ええ……」

万吉は頷いた。

「夏目が辻斬り……」

平八郎は、意外な成り行きに茫然《ぼうぜん》とした。

何故だ。何故、夏目は辻斬りなどしたのだ……。

平八郎の脳裏には、夏目の様々な姿が過《よぎ》った。

緊張した面持ちで笠岡藩中屋敷を見詰める夏目……。

仕官を譲ってくれと平八郎に土下座して頼む夏目……。

汗を滲ませて駿河台の坂道を降りて行く夏目……。

夏目は妻と偽りの離縁をし、ようやく仕官の願いを叶えた。

それなのに何故、辻斬りなどと馬鹿な真似をしたのだ。

夏目源之助が、理由もなく人を斬って喜ぶような人間とも思えない。

平八郎は腑《ふ》に落ちなかった。

「親父、夏目が辻斬りを働き、腹を切ったのは一昨日の夜なんだな」

「ええ。そう聞きましたよ」

一昨日の夜……。

平八郎が『花や』で酒を飲み、晩飯を食べていた夜だ。あの時、鳴り響いていた呼子笛の音は、夏目を追跡していたものだったのかも知れない。

平八郎は、夏目が役人に追われ、逃げ廻る姿を思い浮かべた。

「それにしても平八郎さん。夏目源之助さん、どうして笠岡藩中屋敷の前で切腹したんでしょうね」

万吉は皮肉っぽい笑みを浮かべた。

「何を云いたいんだ、親父」

　平八郎は、万吉の皮肉な笑みが気になった。

「いえね。夏目源之助さんが笠岡藩の藩士なら、町奉行所が手出し出来ない支配違い。幾ら取り囲まれたからといっても、藩のお屋敷の前で腹を切るとは、どうしても腑に落ちません。違いますか」

　万吉の云う通り、大名の家来や屋敷は、町奉行所の支配違いであり、その力は及ばない。笠岡藩藩士である夏目源之助は、町奉行所の縄目の恥辱を受ける事はない。そして、藩の江戸屋敷に町奉行所の役人が踏み込む事は出来ない。それなのに夏目源之助は、中屋敷に逃げ込まずに門前で切腹したのだ。

　何故だ……。

　平八郎にも疑問が湧いた。

「夏目の辻斬りといい、親父、こいつは裏に何か潜んでいるな」

「ええ……」

　万吉は頷いた。

　その時、平八郎は気が付いた。

　もし、夏目に仕官を譲らなかったら、笠岡藩の門前で切腹したのは、平八郎自身だったのかもしれない。

平八郎は、背筋に冷たいものを感じた。

笠岡藩江戸中屋敷は表門を閉ざし、静まり返っていた。

平八郎は門前に佇み、新しい土の敷かれた処を見詰めていた。新しく敷かれた土は、おそらく切腹した夏目の血を覆い隠したものなのだ。

ようやく仕官が叶ったのに……。

夏目源之助は役人たちに取り囲まれ、腹を切って無残に果てた。

何故、中屋敷に逃げ込まなかったのか……。

平八郎の疑問は募った。

笠岡藩江戸中屋敷は、藩士たちの出入りもなく午後の日差しに影を伸ばしていた。

平八郎は踵《きびす》を返し、中屋敷の門前から溜池からの掘割に向かった。

中屋敷の塀の陰に人影が動いた。

平八郎は掘割の岸辺に立ち止まり、素早く振り返った。

羽織を着た大店《おおだな》の若旦那のような男が、隠れる間もなかったのを笑って認めた。

若旦那風の男は、笠岡藩江戸中屋敷の塀の陰から平八郎を監視していた。平八郎はそれに気付き、誘いを掛けた。若旦那風の男は誘いに乗った。そして今、若旦那風の男は狸《たぬき》のような身体と顔に笑みを浮かべていた。その笑顔は、妙に親しみを感じさせるものだった。

「俺に何か用か……」

「へい。ちょいとお尋ねしたい事がありましてね」

「夏目源之助の事か……」

平八郎は若旦那風の男を見据《みす》えた。

若旦那風の男の笑う狸のような顔が、厳しさに溢れたものに一変した。

「へい」

「お主は……」

「申し遅れました。あっしは駒形《こまがた》の伊佐吉《いさきち》ってもんでして……」

駒形の伊佐吉と名乗った若旦那風の男は、懐から十手《じって》を出して見せた。

「岡っ引か……」

「へい」

「若いな……」

「爺さんの代からの家業でして……」

伊佐吉は微かに笑い、狸面を作った。

「成る程……」

平八郎は苦笑した。

「で、失礼ですが、お侍さんは……」

「俺か、俺は矢吹平八郎って素浪人だ」

「矢吹平八郎の旦那……」

「ひょっとしたら親分、夏目が腹を切った時、取り囲んでいたのか……」

「ええ、辻斬りを働いた小網町から追いましてね」

伊佐吉は、狸顔を消した。

「しかし、辻斬りの一件は、夏目が腹を切って落着した筈だが……」

「平八郎の旦那、落着したのは北町のお偉いさんと笠岡藩の間でのことでして。あっしは決して落着したとは思っちゃあいません」

伊佐吉は、風貌に似合わない鋭い読みを見せた。

「それで、笠岡藩の中屋敷を見張っていたのか」

「まあ、そんなところですか」

伊佐吉はまた狸面で笑った。

「いいのか、見張りは……」

「下っ引がいますので……」

伊佐吉に抜かりはなかった。

「如何《いかが》ですか、平八郎の旦那。その辺で蕎麦《そば》でも食べながらってのは……」

「う、うん……」

平八郎は、淋しい懐具合を思い浮かべた。

「お話を聞かせて戴ければ、お礼は致しますので……」

伊佐吉は平八郎の様子を敏感に見抜き、嫌味なく先手を打った。

「そうか、じゃあ……」

平八郎は、誘いを受けた。


平八郎と伊佐吉は、蕎麦屋の入れ込みにあがり、酒と蕎麦を注文した。

「伊佐吉親分、一昨日の夜の事を詳しく教えちゃあくれないか」

平八郎は伊佐吉に頼んだ。

「そいつは構いませんが、平八郎の旦那、夏目源之助とどんな関わりが……」

伊佐吉は、平八郎に探る眼を向けた。

「うん。実はな……」

平八郎は、夏目源之助との関わりの一切を話した。

「へえ、仕官争いの相手だったのですか」

伊佐吉は、意外な事実に驚いた。

「それに、偽りの離縁までして仕官した夏目が、辻斬りを働いたとはどうしても思えなくてな。で、伊佐吉親分、一昨日の夜、一体何があったのだ」

「へい……」

一昨日の夜、月番の北町奉行所の同心と伊佐吉たち岡っ引は、辻斬りの出没する日本橋川一帯に張り込んでいた。そして、南茅場町《みなみかやばちょう》鎧《よろい》之渡し場近くに辻斬りが現れた。

辻斬りは、勤め帰りの大店の番頭を襲った。だが、張り込んでいた岡っ引が騒ぎ立てた。辻斬りは、番頭と騒ぎ立てた岡っ引を斬り殺して逃走した。駆け付けた同心と伊佐吉たち岡っ引が追った。

「伊佐吉親分、その逃げた辻斬りが夏目源之助なのだな」

「ええ……」

「辻斬り、夏目一人だったのか」

平八郎には、夏目が番頭と岡っ引の二人を手に掛けたとは思えなかった。

「そいつなんですが。あっしどもが駆け付けた時、夏目源之助は鎧之渡し場で日本橋川の暗い下流を見ていましてね。あっしたちを見て慌てて逃げ出したんですよ」

「ひょっとしたら、辻斬りは他にいて日本橋川を舟で逃げたのかもしれないな」

「あっしもそうじゃあないかと思いましたが、とにかく夏目をお縄にすれば分かる事だと、皆で追いました」

夏目源之助は逃げた。

夜の町の往来や裏路地を逃げ廻り、芝口の笠岡藩江戸中屋敷に辿り着いた。

「分からないのは、夏目はどうして中屋敷に逃げ込まなかったのかだが……」

平八郎は首を捻《ひね》った。

「あっしたちが中屋敷に着いた時、夏目は表の潜り戸を必死に叩いていましたよ」

「じゃあ、潜り戸は開かなかったのか……」

「きっとね……」

「そして、駆け付けた同心や親分たち岡っ引に取り囲まれ、切腹をした……」

「へい。もう逃げ切れないと覚悟したんでしょうね」

「死体はどうした」

「夏目が腹を切ったのを見計らったように留守居役が出てきましてね。中間《ちゅうげん》たちに引き取らせ、昨日知り合いの寺に葬りましたよ」

夏目の遺体は、留守居役の梶原左兵衛に引き取られ、葬られた。

「それにしても潜り戸、どうして開かなかったのかな」

「分からないのはそこなんですよ。屋敷の中に逃げ込めば、同心の旦那もどうにも出来ない。それ以前に笠岡藩の藩士だと云えば、あっしどもには手出しの出来ない相手なのに」

「笠岡藩、夏目を見棄てたのかな」

平八郎はそう睨《にら》んだ。

伊佐吉が、怪訝な声をあげた。

「見棄てた……」

「笠岡藩は、夏目に辻斬り事件の責めを取らせ、一件を落着させた。違うかな」

「じゃあ、辻斬りは他にもいると……」

「おそらく……」

笠岡藩は夏目源之助を見棄てた。いや、最初から見棄てるつもりで、仕官をさせたのかも知れない。

藩に危機が訪れた時、捨石になる十石取りの藩士……。

夏目はそれに気が付き、虚しく腹を切ったのかもしれない。

だとしたら……。

もし、仕官をしていたのが俺だったら、腹を切っていたのは……。

平八郎は怒りを覚えた。

「伊佐吉親分、これからどうする」

「そりゃもう、辻斬りの真相を突き止めてやりますよ」

「そうか……」

平八郎は、伊佐吉が笠岡藩中屋敷を見張っていたのを思い出した。

「平八郎の旦那はどうします」

「うん。俺もそうしたいが、ちょいと懐が淋しくてな。暫《しばら》く日雇い仕事をしなければならぬのだ」

「そりゃあ大変だ」

伊佐吉は、狸面で驚いて見せた。

「で、行きつけの口入屋はどちらで……」

「明神下の萬屋って口入屋だ」

「割の良い仕事があるといいですね」

「ああ……」

平八郎はのびた蕎麦を啜り、冷えた酒を飲み干した。


明神下お地蔵長屋は、賑やかな晩飯時も過ぎて静かな夜を迎えていた。

平八郎は、居酒屋『花や』で晩飯を済ませ、お地蔵長屋に帰って来た。

木戸を潜った時、女の声が平八郎を呼び止めた。

「矢吹さまにございますか……」

質素な身なりの女が、目鼻の崩れた地蔵の背後の暗がりから出て来た。

「そうだが……」

平八郎は、怪訝な面持ちで女に対した。

「私は百合《ゆり》と申しまして、夏目源之助の離縁した妻にございます」

女は、夏目が偽りの離縁をした妻だった。

三

平八郎は、夏目源之助の離縁した妻の出現に戸惑った。

「夏目さんの……」

「はい……」

百合は、思い詰めた顔で頷いた。

長屋のおかみさんが、子供を連れて賑やかに湯屋に出掛けて行った。

平八郎は、百合を自宅に招いた。

行燈《あんどん》の明かりは、土間に佇んでいる百合を照らした。

「どうぞ……」

平八郎は、百合を居間に招いた。

「お邪魔します」

百合は居間にあがり、遠慮がちに隅に座った。

平八郎は、火鉢の火を熾《おこ》して炭を足し、鉄瓶を掛けた。

「で、何か御用ですか……」

「矢吹さま。夏目の事、お聞きになりましたでしょうか」

百合は平八郎を見詰めた。

「ええ……」

平八郎は頷いた。

「夏目、本当に辻斬りを働いたと思われますか」

平八郎を見詰める百合の眼は、奥底が分からぬ程に深かった。

「いいえ、私は夏目さんが辻斬りを働いたとは思いません」

「本当に……」

「ええ……」

百合の眼に涙が溢れ、一気に零《こぼ》れ落ちた。

「ありがとうございます」

百合は泣き伏した。

平八郎は言葉を失った。

百合は泣き続けた。愛するが故に偽りの離縁をした夏目の為に泣いていた。

「百合さん……」

平八郎は静かに声を掛けた。

「すみません。お許し下さい」

百合は涙を拭いた。

「矢吹さまがどのような方かは、夏目から聞いております」

「夏目さんに……」

「はい。夏目の頼みを笠岡藩に一切洩らさず、仕官をお譲り下さったお人柄を……」

「そいつは買い被りです。私は宮仕えが面倒になっただけですよ」

「ですが、夏目は辻斬りじゃあないと云ってくれました」

「私は、夏目さんに人を斬る程の剣の腕はない。そう思ったまでです」

平八郎は正直に告げた。

「それでもいいんです、それでも矢吹さまは、夏目が辻斬りじゃあないと信じてくれています」

百合は、己に言い聞かせるように告げた。

「百合さん、夏目さんが笠岡藩に仕官が叶ってから逢いましたか」

「仕官が叶い、中屋敷の長屋に暮すようになって五日が過ぎた頃、使いの途中だと私の処にやって来ました」

「夏目さん、その時、どんな様子でした」

「仕官して日も浅く、慣れない毎日、大分疲れている様子でした」

「で、何か云ってはいませんでしたか」

「別に……」

百合は思いを巡らせた。

「じゃあ、笠岡藩や役目の事では……」

「そういえば、お殿さまの御落胤《ごらくいん》の御付になったと……」

「御落胤の御付……」

「矢吹さま、それが今度の一件に関わりがあるのでしょうか」

百合は身を乗り出した。

「まだ分かりませんが、きっと……」

「矢吹さま、お願いにございます」

百合は、いきなり両手を突いた。

「夏目の汚名を雪《そそ》いで下さい。夏目は辻斬りではないと証明して下さい。お願いにございます」

百合は、必死の面持ちで平八郎に頼んだ。

「百合さん、私もそうしてやりたいが、何分にも只の貧乏浪人。毎日の食い扶《ぶ》ちを稼ぐのに忙しい身だ。期待に添えるとは思えぬ」

「矢吹さま……」

「百合さん、私も出来るだけの事はする。だが、事は簡単ではないのです」

平八郎は安易に約束出来なかった。

「申し訳ございません。いきなり訪れ、虫の良い願い。ご造作をお掛け致しました」

百合は諦め、詫《わ》びた。

その時、平八郎は伊佐吉の狸面を思い出した。

「百合さん。夏目さんの一件は、駒形の伊佐吉と申す岡っ引が密かに調べています。その者に相談すると宜しいでしょう」

「駒形の伊佐吉……」

「はい。若い岡っ引ですが、きっと見た目以上に働きます」

百合が、伊佐吉に逢うかどうかは分からない。そして、伊佐吉が百合の期待に添えるのかどうかも、保証の限りではない。だが、今の平八郎には、伊佐吉を紹介してやるしかなかった。

百合は、突然の訪問と無理な願いをしたのを詫び、お地蔵長屋の木戸を潜って帰って行った。その後ろ姿には、疲れと哀しみが満ち溢れていた。

力になってやれなかった……。

平八郎は苦い思いを嚙み締め、貧乏浪人の我が身を恨むしかなかった。


神田川牛込《うしごめ》御門前の荷揚場では、人足たちが荷の積み下ろしに忙しかった。荷揚人足たちの中には平八郎もいた。

諸国から江戸湊《みなと》に千石船で運ばれて来た荷は、張り巡らされた掘割を伝って江戸の奥まで運ばれる。そして、掘割の荷揚場に降ろされ、大八車や牛車などで更に各所に運ばれていくのだ。

平八郎は、口入屋『萬屋』の周旋で問屋場の荷揚人足に雇われていた。荷揚人足は、平八郎にとって慣れた仕事だった。

荷船の荷を降ろし終えた時、平八郎は見慣れた顔の小僧が自分を見ているのに気付いた。

『萬屋』に出入りし、万吉の使い走りをしている小僧だった。

「俺に用か」

平八郎は、小僧に声を掛けた。

「うん」

「何だ」

「萬屋の旦那が、帰りに寄ってくれって……」

「どうしてだ」

「知らないよ。そんなこと」

小僧は頰を膨らませた。

「分かった。帰りに萬屋に寄る」

平八郎は苦笑した。

「伝えたよ」

小僧はそう叫び、小走りに帰って行った。

万吉の用が何かは分からない。だが、仕事先に使いを寄越したところを見ると、それなりに大事な用なのだろう。

ま、行けば分かる事だ……。

平八郎は荷揚仕事を続けた。

申《さる》の刻七つ半が過ぎ、職人たちの仕事仕舞いの時が来た。

平八郎たち日雇い人足は、問屋場からその日の給金を貰って荷揚の仕事を終えた。

平八郎は行く手に伸びる己の影を踏み、神田川沿いに神田明神下に急いだ。


平八郎は、帳簿付けをしていた万吉の前に立った。

「親父、何か用か……」

「ちょいとお待ち下さい」

万吉は平八郎を一瞥し、帳簿に眼を戻して算盤を入れ始めた。

平八郎は帳場の端に腰掛け、万吉の帳付けが終わるのを待った。

「平八郎さん、一日一分《いちぶ》の仕事があるんですが、明日からやってみませんか」

「一日一分の仕事……」

「ええ……」

一分は、四分の一両。銭にして一貫文、千枚だ。百枚の百文で、一升三合ほどの米が買えた。人足仕事などの日雇いの給金と比べれば、一日一分の日当は好条件の仕事といえる。

「結構な給金だが、どういう仕事だ」

条件の良い仕事には、面倒がつきものだ。

平八郎の経験が囁いた。

「さあて、終わった」

万吉は帳簿を閉じ、平八郎を見上げた。

「その前に引き受けますか……」

万吉は仕事の内容を教えず、平八郎に返事を求めた。

「どうします」

「どうすると云われてもな……」

平八郎は首を捻った。

「もう、煮え切りませんね。仕事はお侍を見張ったり、後を尾行たり、その他いろいろですよ」

一日一分の給金の仕事は、侍の監視や見張りなのだ。

「雇い主は何処の誰だ」

「そいつは云えません」

万吉は無愛想に答えた。

「云えない……」

「ええ。ですが平八郎さん、この仕事はあなたを名指しての仕事ですよ」

雇い主は、平八郎を指名して来ていた。

「女か……」

平八郎は、百合を思い浮かべた。

「そうだな、親父」

「さあ、どうですかね」

万吉は煙管《きせる》に煙草を詰め、紫煙を吐き出した。

百合は、夫・夏目源之助の汚名を雪ぐ為、平八郎を雇って調べようとしているのだ。

それにしても一日一分の給金、四日で一両だ。おまけに、何日掛かるか分かりはしない。

百合は、そんな大金を持っていたのだろうか……。

平八郎は、夏目が仕官を譲ってくれと差し出した五枚の小判を思い出した。

あの金なのか……。

いずれにしろ百合は、夏目の汚名を雪ぎたい一念なのだ。

「で、どうします」

「分かった」

平八郎は引き受けた。

「そいつは良かった……」

万吉は煙管を煙草盆に置き、金箱から一両小判を取り出して平八郎の前に置いた。

「四日分の前金です」

「前金とはな……」

平八郎は戸惑った。

「じゃあ、明日から芝口二丁目にある笠岡藩江戸留守居役の……」

「梶原左兵衛を見張るのか」

「はい。それと松井市兵衛さまですか。ま、その辺はお任せするとの事です」

一日一分の仕事は、やはり夏目源之助の一件であり、雇い主は百合なのだ。

百合は、平八郎に直接金を渡すのを無礼だと考え、『萬屋』を通じて雇った。

「じゃあ、宜しくお願いしましたよ」

万吉は話を打ち切った。

平八郎は前金の一両を受け取り、『萬屋』を後にした。

明神下の通りは既に暗くなり、往来する人も少なくなっていた。

平八郎は晩飯を食べようと、神田明神門前の居酒屋『花や』に向かった。

明神下の往来から湯島一丁目の通りに入った時、暗がりから商売女が平八郎に声を掛けて来た。平八郎は無視し、『花や』に急いだ。

「なんだい、気取りやがって」

商売女が、平八郎に罵声《ばせい》を投げ付けた。

平八郎は、思わず立ち止まった。

百合は、身を売って金を用意したのかも知れない。

平八郎は、脳裏に浮かんだ推測に凍《い》てついた。

身売りして作った金……。

平八郎は、受け取ったばかりの小判を握り締めた。確かめなければならない。

だが、百合の住む家が何処《どこ》かは分からない。たとえ分かったとしても、百合は既に身売り先に行ってしまったかも知れないのだ。

平八郎は、立ち尽くすしかなかった。

酔客と若い女の嬌声《きようせい》が、神田明神の門前町《もんぜんちよう》に響き渡った。

笠岡藩江戸中屋敷は、陽が昇っても表門を閉じたままだった。

大名家の中屋敷は、藩主がいる上屋敷とは違って別荘的役割である。

平八郎は、中屋敷の周辺を窺った。だが、駒形の伊佐吉や下っ引の姿は、何処にも見えなかった。何らかの進展があり、張り込む必要がなくなったのか。

平八郎は思いを巡らせた。

何《いず》れにしろ張り込むしかない……。

平八郎は、中屋敷の斜向《はすむ》かいの路地に潜んだ。

小半刻が過ぎた。

中屋敷の潜り戸が開き、松井市兵衛が出掛けて行った。

平八郎は路地から現れ、松井の尾行を始めた。

東海道に出た松井は、芝口橋を渡って北に進んだ。そのまま進めば、日本橋、両国、神田などに行ける。

何処に行くのだ……。

平八郎は松井を尾行した。

筋違《すじかい》御門前八つ小路に出た松井は、神田川沿いの淡路《あわじ》坂をあがり、駿河台小川町の武家屋敷街に入った。

平八郎の尾行は続いた。

淡路坂を上がり切った松井は、或る武家屋敷の門内に消えた。

何者の屋敷なのか……。

平八郎は、松井が消えた武家屋敷の門を見上げた。

武家屋敷には表札も門札もない。

平八郎は辺りに人を探した。だが、平八郎の運が悪いのか、屋敷の門前を掃除する中間や足軽の姿は見えなかった。武家地の自身番である辻番を訪ね、詰めている番士に訊けば何者の屋敷か分かる。だが、素浪人の平八郎が、そんな真似をすれば不審を抱かれるだけだ。

切絵図を調べるしかないか……。

平八郎がそう思った時、松井が消えた屋敷の裏手から棒手振《ぼてふ》りの魚屋が出て来た。

平八郎は魚屋に一朱金を握らせ、屋敷の主の名を尋ねた。

「このお屋敷の殿様ですか……」

「うん。何て名前か知っているか」

「高坂総十郎《こうさかそうじゆうろう》さまですが……」

魚屋は、一朱金を握り締めた。

高坂総十郎……。

「どのような人だ」

「お旗本で、確か勘定奉行所の〝何とか留役〟とか〝留役何とか〟とか仰るお役目の殿様ですよ」

〝何とか留役〟か〝留役何とか〟……。

何れにしろ勘定奉行所の〝留役〟という役目の旗本の屋敷だった。

〝留役〟がどのような役目なのか、分からない。だが、おそらく松井は、辻斬りの一件で高坂総十郎を訪れた筈だ。

平八郎は高坂屋敷の前に潜み、松井の出て来るのを待った。

四半刻が過ぎ、高坂屋敷から松井が出て来た。

松井は淡路坂を下り、来た道を芝口の笠岡藩江戸中屋敷に戻った。

平八郎はそれを見届けた。

「平八郎の旦那……」

駒形の伊佐吉が背後に現われた。

「やあ、親分……」

「松井市兵衛さんですか」

「ああ……」

「ここは手の者が見張ります……」

伊佐吉は、中屋敷の斜向かいにある町家の二階を示した。

二階の窓の隙間に人影が見えた。おそらく伊佐吉の下っ引だ。伊佐吉もそこにいて平八郎に気付き、やって来たのだろう。

「見張り用に借りましてね」

伊佐吉は町家の二階を借り、見張り場所にしていた。

「どうです、この前の蕎麦屋にでも行きませんか……」

「いいだろう」

辻斬りの真相を一人で追うのは難しい。何れは伊佐吉の力を借りなければならない。そう思っていた平八郎は、伊佐吉の誘いに乗った。

伊佐吉は町家の二階に頷いて見せ、平八郎と蕎麦屋に向かった。

四

伊佐吉は、平八郎の猪口を酒で満たした。

「すまんな……」

「いいえ……」

伊佐吉は手酌で猪口を満たし、眼の前に掲げて飲んだ。

「何処に行っていたんだ、親分」

「鎧之渡し場ですよ」

辻斬りの現場だった。

「何か分かったのか」

「夏目、やはり舟を見送っていましたよ」

「舟……」

「ええ。二人の侍が乗った猪牙《ちょき》舟をね」

「どんな武士たちだ」

「一人は頭巾を被った結構な身なりの小柄な武士。もう一人はその家来のようだったと」

夏目源之助は、役人たちが駆け付けて来る前に、二人の武士の乗った猪牙舟を見送っていた。

伊佐吉は、ようやく目撃者を探し出していた。

「で、松井の市兵衛さん、何処に行って来たんですか」

「うん。勘定奉行所で〝何とか留役〟を務めている高坂総十郎って旗本の屋敷だ」

「留役勘定組頭の高坂総十郎さまのお屋敷ですか……」

留役勘定組頭……。

伊佐吉は、高坂総十郎を知っていた。

「知っているのか……」

「はい」

「松井はその留役勘定組頭の高坂総十郎の屋敷に行ったんだ」

「夏目源之助の一件というか、辻斬りの後始末でしょう」

「どういう事だ……」

「旦那、夏目源之助は新参者ですが、笠岡藩の立派な藩士。扱いは町奉行所じゃあなく、大目付、評定所ですよ」

「そうだな……」

「留役勘定組頭は、その評定所の評定を取り仕切るお役目です」

「となると……」

「おそらく高坂総十郎さまは、笠岡藩から御用頼みを承っているのでしょう」

「御用頼み……」

「へい。お大名や大身旗本なんかのお歴々《れきれき》は、家や奉公人が面倒に巻き込まれたりした時の為、普段から町奉行所の吟味方与力や同心の旦那方、勘定奉行所の留役なんかに付届けをして誼《よしみ》を通じているんですよ」

「そいつが、御用頼みか」

「ええ、ご存知ありませんでしたか」

「ああ。浪人には縁遠い話だからな」

平八郎は、手酌で酒を飲んだ。

「じゃあ親分、お前も何処かの旗本に御用頼みをされているのか」

町奉行所の与力・同心が、大名や旗本家と誼を通じているのなら、岡っ引が御用頼みを引き受け様々な情報を流していても不思議はない。

「そりゃあ勿論……」

伊佐吉は微笑んだ。

「そうでもしなきゃあ、下っ引のお手当てや、こうして飲む酒代も捻り出せませんよ」

伊佐吉は、美味そうに酒を飲んだ。

岡っ引は、町奉行所の与力や同心から手札と僅かな金を貰っている。当然、その金だけで岡っ引はやっていられない。そこで岡っ引たちは、旗本や大店の御用頼みを引き受け、手当てを稼いでいるのだ。

「そうだな……」

「ところで旦那、松井さんが高坂さまのお屋敷に行ったのを何と見ます」

「親分の睨み通り、辻斬りの後始末だと思うが、違うのか」

「勿論そうですが、他にも何かありそうな気がするんですよね」

伊佐吉は眉を曇らせた。

「親分、笠岡藩には御落胤がいるのを知っているか」

「御落胤……」

伊佐吉は眼を見張った。

「ああ、夏目さんはその御落胤付きになっていたそうだ」

「ひょっとしたら、夏目さんが見送った猪牙舟に乗っていた小柄な武士かもしれないな」

「御落胤ねえ」

「ええ。それにしても旦那、その事をどなたに聞いたんですかい」

「夏目さんが離縁した事になっている百合さんだ」

「奥さまですか……」

「うん。百合さんが、俺を訪ねて来てそう云った」

「そうですか……」

「ひょっとしたらそいつが、何か関わりがあるかも知れない」

「分かりました。調べてみましょう」

「頼む」

「旦那、奥さまは他に何か云っちゃあいませんでしたか」

「今となってはもっと訊いておくべきだったが、気になるのは御落胤ぐらいだ」

「奥さま、他にも何か聞いているかも知れませんね」

「だが、何処に住んでいるかは……」

「奥さまは、浅草今戸《いまど》町の源助《げんすけ》長屋ですよ」

伊佐吉は事も無げに云った。

夕陽は隅田《すみだ》川を赤く染めていた。

平八郎は吾妻《あずま》橋を右に見て、隅田川沿いの道を走った。そして、山谷《さんや》堀に架かる今戸橋を渡り、浅草今戸町に入った。

源助長屋の井戸端は、夕飯の仕度をするおかみさんたちで賑わっていた。

百合はいなかった。

三日前、百合は住み込み奉公をすると云い、長屋を引き払っていた。

「何処に住み込み奉公したか分かりますか」

「さあ、聞いていないねえ……」

長屋のおかみさんたちは、誰一人として百合の行き先を知らなかった。

やはり身を売ったのか……。

百合は身を売り、その金で夫・夏目源之助の汚名を雪ごうとしているのだ。

己の身を犠牲にして……。

平八郎は、百合の夏目への想いを知った。

これ以上、百合の行方を追うべきではないのかも知れない……。

日は既に沈み、隅田川には夜風が吹き抜け始めていた。

豊後笠岡藩七万石中沢家には、嫡子久満《ちゃくしひさみつ》の他に二人の弟がいた。

嫡子久満と二人の弟は、江戸上屋敷で暮らしていた。

「それに姫さまが二人。笠岡藩の殿さまの子供は、都合五人ですか……」

伊佐吉の調べは早かった。

「じゃあ、中屋敷にいる御落胤ってのは……」

「何故か数に入っちゃあいませんよ」

伊佐吉は嘲笑《ちょうしょう》を浮かべた。

「どういう事だ」

「平八郎の旦那、世間にはなかった事にした方が都合の良い場合があるんですよ」

「そうかも知れないが。親分、御落胤、本当はいないのか」

「いえ、いましたよ、中屋敷に……」

「やはりいるのか……」

「ええ。お殿さまのお妾さんの倅《せがれ》でしてね。久元《ひさもと》って名前の二十歳になったばかりの野郎ですよ」

「親分、何故その久元だけがいない事になって中屋敷にいるんだ」

「詳しく分からないんですが、母上さまってのが訳ありだそうでしてね」

「母上が訳あり……」

「ええ。何だか良く分かりませんがね」

「それで、いない事になっているのか……」

「ま、偉いお武家さんのやる事です。あっしたち町方の者にはさっぱりですよ」

伊佐吉は、武家に対する微かな軽蔑を滲ませた。

御落胤はいた。

夏目はその御落胤付きの役目に就き、辻斬りとなって切腹した。

おそらく辻斬りの一件には、御落胤が絡んでいるのだ。

「とにかく御落胤と母上さま、それに笠岡藩をとことん調べてやりますぜ」

伊佐吉は嘲《あざけ》りを浮べ、挑むように言い放った。

なかった事にしたほうが良い御落胤……。

訳ありの母上さま……。

良く分からない事ばかりが浮かび上がる。

平八郎は苛立ちを感じた。

仕掛けるしかない……。

平八郎は覚悟を決めた。


笠岡藩江戸中屋敷は、今日も門を閉じて静けさに包まれていた。

平八郎は潜り戸を叩いた。

門番が小さな格子窓を開け、顔を見せた。

「何方《どなた》かな……」

「私は矢吹平八郎と申します。松井市兵衛どのに夏目源之助の件でお逢いしたいとお伝え願いたい」

「夏目さまの事で……」

門番は、緊張を僅かに過ぎらせた。

「如何にも……」

「暫時、お待ち下され」

門番は、格子窓を閉めた。

平八郎は、斜向かいの町家の二階を見上げた。

町家の二階の窓辺には、伊佐吉の戸惑った顔があった。

平八郎は、伊佐吉に小さく笑い掛けた。
伊佐吉は、大袈裟に驚いて見せた。
潜り戸が開いた。
「どうぞ、入られよ」
門番が顔を出し、告げた。
そこにいた松井が、平八郎を屋敷内に招いた。
平八郎は浮かぶ緊張に身を引き締め、潜り戸を潜った。

屋敷内は静まり、案内された書院は使うことも滅多にないのか冷たく沈んでいた。
平八郎は、松井市兵衛の現れるのを待った。
人の気配が、静けさの奥に交錯していた。
大名家の江戸中屋敷は、別荘的役割であって詰めている藩士は僅かな人数だ。
その藩士たちの気配が、玄関近くの書院にいる平八郎にまで届いて来ていた。
夏目の名を聞き、混乱している……。
平八郎は待った。
廊下が微かに軋《きし》んだ。

人の気配が、襖《ふすま》の向こうの次の間に過った。数人の藩士が、身を潜めたのだ。

そして、廊下を軋ませ、松井市兵衛が緊張した面持ちでやって来た。

「お待たせ致しました。松井市兵衛です」

「やあ……」

平八郎は、松井に笑い掛けた。

「お主、確か……」

松井は、仕官の面談に来た平八郎の顔を覚えていた。

「矢吹平八郎です」

「確か夏目と一緒に……」

「ええ、仕官の面談を受けた者です」

「そうでしたか……それで、夏目の件でお話があるとか……」

松井は微かな緊張を滲ませ、平八郎を正面から見据えた。

「ええ……」

「何ですか……」

松井は僅かに身を乗り出した。

「仕官した夏目さんのお役目、御落胤付きだったそうですね」

平八郎はいきなり斬り込んだ。

松井は思わず怯《ひる》んだ。

潜んでいる藩士たちが動揺したのか、次の間に人の気配が浮かんだ。

「辻斬り、そのお役目に関わりがあるそうですね」

平八郎は、すかさず二の太刀を放った。

「だ、誰がそのような……」

松井は、突き上げる動揺を必死に隠そうとした。

「噂ですよ」

平八郎は笑った。

「噂……」

「ええ、噂……」

「そのような噂、何処で……」

松井の顔には、困惑と焦りが交錯した。

「松井さん、ここは豊後ではなくて江戸です。世間は五万石の大名家の思い通りには動きゃあしませんよ」

「矢吹どの……」

「世間じゃあ、夏目源之助は笠岡藩、それも御落胤の犠牲になって腹を切ったと専《もっぱ》らの噂」

「矢吹どの、我が笠岡藩に御落胤などおらぬ」

松井は必死に否定した。

「ならば、訳ありの母上さまってのはなんですか」

平八郎は誘った。

松井は平八郎の誘いに乗り、隠し切れない狼狽を見せた。

夏目源之助の切腹は、睨み通り御落胤に関わりがある。

平八郎は確信し、次の誘いを掛けた。

「実はね、松井さん。夏目さんは何もかも書き記した日記を、私に残しているんですよ」

「夏目が……」

松井は言葉を失った。

「ええ。留役勘定組頭の高坂総十郎さんに頼み、穏便にすませようとしても今更手遅れですよ」

松井は激しい衝撃を受け、全身を強張らせた。

「それで相談なんですがね、松井さん……」

松井は、怯えたように平八郎を見詰めた。

「相談とは……」

「ご存知の通り、私は日雇い仕事で糊口《ここう》を凌ぐ貧乏浪人。夏目さんの日記、買い取って貰えませんかな」

「幾らだ」

松井は焦り、咳き込んだ。

「五十両……」

平八郎は、松井の焦りに巻き込まれ、思わず五十両と答えた。

「五十両か……」

「とりあえず……」

五十両あれば、身売りした百合の身請けも出来る筈だ。

平八郎は、咄嗟《とっさ》に胸算用をした。

「分かった。だが、私の一存では決められぬ」

「お留守居役の梶原左兵衛さんと相談してからですか」

「う、うむ……」

松井は腹の内を見透かされ、狼狽しながら頷いた。

「じゃあ明日だ。明日の暮六つ、又、お伺い致そう」

「明日の暮六つ……」

次の間に、人の気配が大きく揺れた。

これ迄だ……。

平八郎は、退き時が来たのを知った。

「ああ、じゃあな……」

平八郎は片頰を引き攣らせ、出来るだけ悪党ぶった顔を作って立ち上がった。

松井は茫然と見送った。

平八郎は廊下に出た。

三人の藩士が、次の間から現れた。

三人の藩士は、平八郎を取り囲んだ。

「お見送り致す」

「どうぞ……」

三人の藩士は、平八郎を式台《しきだい》に先導した。

松井たちにも抜かりはなかった。

平八郎は式台を降り、三人の藩士と共に前庭に出た。その時、射るような視線が、平八郎を襲った。平八郎は、素早く視線の先を辿った。

左手の植え込みの陰に人がいた。

痩身短軀《そうしんたんく》で頭が妙に大きい若侍が、平八郎をじっと見詰めていた。その青みがかった両眼は、何の感情も見せてはいなかった。

御落胤の久元……。

平八郎の直感が囁いた。

「さっ、矢吹どの……」

藩士たちが平八郎を促した。そこには、微かな殺気が滲んでいた。

平八郎は苦笑し、表門に向かった。


平八郎は、笠岡藩江戸中屋敷を出た。

留守居役梶原左兵衛はどう出るか……。

如何に小藩でも大名は大名だ。

素浪人が一人で相手にするには、大き過ぎる敵なのだ。だが、勝負はそこに掛かっている。

最早、後戻りは出来ない……。

平八郎は、湧き上がる闘志に思わず武者震いをした。

「無事に戻って来ましたね」

伊佐吉が背後にいた。

「どうにかな……」

「詳しい事、話して戴けますか」

「勿論だが、その前に松井が上屋敷にいる江戸留守居役の梶原左兵衛に使いを出す筈だ。そいつを見張って貰いたい」

「任せて貰いましょう」

伊佐吉は苦笑した。


平八郎は、松井とのやり取りを話した。

「お大名に強請《ゆす》りを掛けたんですか……」

伊佐吉は呆《あき》れた。

「うん。まあ、そういうことになるかな」

平八郎は笑った。

「それにしても危ない真似をしますね」

「なあに、これで五十両を差し出せば、辻斬りと夏目の件は、俺たちの睨み通りだって事になるさ」

「そりゃあそうですが……」

伊佐吉は首を捻った。

「それから親分、妙な若侍を見たよ」

「妙な若侍……」

「うん。着物や様子から見て、おそらく御落胤の久元だと思うが……」

平八郎は、若侍の様子を教えた。

「頭が大きくて、蒼い眼をした痩せたちびですか……」

「うん。何だか病人のような感じがした……」

平八郎は、若侍の青い眼を思い出した。

青い眼には輝きもなく、その奥底は果てしなく暗かった。

「確かに御落胤の久元でしょうが……」

伊佐吉は言葉を濁した。

「どうした」

「平八郎の旦那、幾らこっちの睨み通りでも、辻斬りの本当の下手人が久元だって確かな証拠は何もないんですよ」

伊佐吉の心配は当然だった。

「いいかい親分。俺は同心でも岡っ引でもなく只の貧乏浪人だ。辻斬り事件の解決よりも、夏目源之助って元浪人の恨みを晴らし、汚名を雪ぐだけだ。それも、一日一分の金で雇われてな」

平八郎は頬を僅かに歪《ゆが》めた。淋しげな笑みだった。そして、己を嘲る笑いだった。

「平八郎の旦那……」

伊佐吉は、平八郎の秘めた思いを垣間見た。

五

江戸湊の潮騒は、途切れる事なく聞こえていた。

笠岡藩江戸上屋敷は、築地《つきじ》本願寺《ほんがんじ》近くの鉄砲洲にあった。松井市兵衛は、留守居役梶原左兵衛の現れるのを待っていた。

「松井、急な用とは何だ」

梶原は現れるなり、松井に問い質した。

「実は……」

松井は、矢吹平八郎が訪れ、五十両を要求した顚末《てんまつ》を告げた。

梶原の顔色が、どす黒く変わった。

「矢吹平八郎か……」

「はい。夏目の残した日記を五十両で買い取れと……」

「夏目の日記か……」

「はい」

「松井、日記など偽りであろう」

「偽り……」

「うむ。五十両を出させる方便に違いあるまい」

梶原は、険しい眼で断定した。

「だが、久元さまやお松の方さまの事を知っているところを見ると、辻斬りの真相に近づいているのは確かだ」

「如何致しましょう……」

「今日の暮六つ、再び中屋敷に来るのだな」

「はい……」

「おのれ、夏目の切腹で何もかも闇の彼方に始末したと申すのに、素浪人の分際で余計な真似を……。松井、密かに矢吹の口を封じるのだ」

「口を封じる……」

「左様、それしかあるまい」

「はい」

「私も暮六つ前、中屋敷に行く」

「心得ました」

松井は強張った面持ちで頷いた。

「して松井、久元さまは如何致しておる」

「暫くは大人しく震えておりましたが、今は又、以前のように……」

「苛立ち始めたか……」

「はい。洪庵《こうあん》先生の眠り薬も余り効かなくなったようで、このまま中屋敷に閉じ込めておくと、我ら藩士に斬り掛かってくるやもしれませぬ」

「かと申して、再び愚かな真似をされては笠岡藩の存亡に関わる」

梶原は、松井に冷徹な眼差しを向けた。

「最早、放っては置けぬな……」

松井の背に震えが突き抜けた。

「梶原さま……」

「松井、その方も覚悟致しておくのだな」

「ははっ……」

松井は、梶原の冷たい視線に平伏した。


西本願寺横の掘割には、鷗《かもめ》が飛び交っていた。

伊佐吉と下っ引の長次《ちょうじ》は、掘割沿いの道を行く松井市兵衛を追っていた。

上屋敷を出た松井は、鷗の飛び交う掘割に架かる本願寺橋を渡った。

「野郎、中屋敷に戻るんですかね」

長次は松井の背を見詰め、隣を行く伊佐吉に尋ねた。

「きっとな……」

伊佐吉と長次は、芝口の中屋敷を出た松井を追った。

松井は笠岡藩江戸上屋敷に入り、四半刻ほどを過ごして出て来た。

おそらく松井は、平八郎の訪問とその内容を上役に告げ、指示を仰ぎに行ったのだ。上役が、留守居役の梶原左兵衛かどうかは分からない。

西本願寺門前を通り抜けた松井は、木挽町に入り、汐留橋に向かった。

松井は中屋敷に戻る……。

伊佐吉は確信した。

「長次、お前はこのまま野郎を追いな」

「へい。親分は……」

「ちょいと調べたい事があってな」

伊佐吉は松井の尾行を長次に任せ、来た道を戻った。


口入屋『萬屋』の万吉は、出涸らしの茶を平八郎に差し出した。

「それで、如何ですか笠岡藩の様子は……」

「胡散《うさん》臭いどころじゃあない」

「と、仰《おっしゃ》いますと……」

「日本橋川での辻斬りは、夏目源之助じゃあなく、おそらく中屋敷にいる久元って御落胤だ。そう依頼主に告げてくれ」

「確かな証拠、あるんですか」

万吉は疑わしげな眼を向けた。

「そいつはまだないが、今日中にはっきりさせてやる」

「お手当てはまだ充分にあります。先を急いで下手を踏まないようにお願いしますよ」

「云われる迄もない。任せておけ」

平八郎は胸を張った。

「そうですか。ま、よろしくお願いしますよ」

万吉は苦笑した。

「では、お手当てを……」

万吉は、一両小判を懐紙に載せて差し出した。

「いや、前に貰った金がまだ残っている」

平八郎は、新たに受け取るのを断った。

「平八郎さん、そいつは了見が違いますよ」

「了見が違う……」

「ええ。仕事を頼んだ方は、平八郎さんのお情けに縋ろうとしちゃいません。ちゃんとお金を払って雇っているのです」

「つまり、仕事として、手当てに見合うようにきちんとやれって事か……」

「はい。それが雇い主と雇われ者の仁義。金はその絆です」

「絆……」

「ええ。その絆を切るような真似をしちゃあいけませんよ」

「分かった……」

平八郎は、差し出された小判を受け取った。


酒屋の手代と小僧が、笠岡藩上屋敷に酒を納めて裏門から出て来た。二人は門番に見送られ、空になった大八車を引いて裏門を離れた。

伊佐吉は物陰から現れ、空の大八車を引いていく手代と小僧を呼び止めた。

手代と小僧が立ち止まり、近寄って来る伊佐吉を怪訝に迎えた。

伊佐吉は、十手をちらりと見せた。

「ちょいと訊きたい事があるんだが……」

手代と小僧は戸惑いを浮かべ、顔を見合わせた。

「へい、何か……」

「笠岡藩上屋敷に出入りしているお医者、何処の誰か知っているかい」

伊佐吉は、笠岡藩の藩医の存在を尋ねた。

「親分さん、手前どもは台所と藩士の方々が暮らしている長屋のお出入りを許されているだけで、お屋敷の奥の事は何も存じません」

余計な事を喋ってはならない。手代は言葉を濁した。

「そりゃあそうだろうが、御家来衆が病になった時の話にお医者の名前、出てきたりしないのかな」

「それは……」

「余計な事を喋ったのが分かると、お出入りのお許しが差し止められるかい」

「へ、へい……」

手代は微かに怯えた。

「そいつは心配いらねえと約束する。どうだ、御家来衆は病になった時、どうしているんだい」

「洪庵先生を見た事があります」

丁稚《でっち》が云った。

「洪庵先生……」

「はい。中井《なかい》洪庵先生と仰って、波除《なみよけ》稲荷の傍《そば》に住んでいるお医者さまです」

「その中井洪庵先生を、笠岡藩の上屋敷で見掛けた事があるんだな」

「はい。御家来衆が暮らしている長屋から出て来るのを見た事があります」

「そうか、造作を掛けたな。二人で団子でも食べて俺の事は忘れてくれ」

伊佐吉は礼を云い、二人に小粒を渡した。


鉄砲洲波除稲荷は、八丁堀が江戸湊と交わる角にあった。

「……何だか病人のような感じがした」

伊佐吉は平八郎の言葉を思い出し、笠岡藩上屋敷に出入りしている町医者を捜した。大名家には藩の医者がいる。だが、藩医が、下級藩士の病まで診る事は少ないし、藩主が国元に帰る時には随行して行く。

伊佐吉は、出入りしている町医者がいると読んだ。

医者なら、久元が病かどうか知っているか、聞いた事があるかも知れない。

久元が病だったら、それは辻斬りに関わりがある……。

伊佐吉はそれを確かめたかった。

『本道』の看板を掲げる中井洪庵の施療院は、雑多な患者で賑わっていた。

伊佐吉は待合室の端に座り、診察の順番を待った。

小半刻が過ぎ、伊佐吉は洪庵の前に座った。

「さあて、熱でもあるのかな……」

洪庵は、白髪頭を伊佐吉に向けた。

伊佐吉は懐の十手をちらりと見せた。

「駒形の伊佐吉と申します」

「役目での事か……」

「はい」

「ほう、それで大人しく順番を待っていたとは、珍しい岡っ引だな」

十手の威光を笠に着た岡っ引は、順番を守るなどという事は余りなかった。だが、伊佐吉は大人しく順番を待った。

洪庵は伊佐吉に好感を抱いたのか、微笑んで見せた。

「で、何が聞きたいのだ」

「笠岡藩の久元さまを御存知ですか……」

伊佐吉は、洪庵の反応を見守った。

洪庵は白髪眉を僅かに顰め、知っている事を告げた。

「その笠岡藩の久元さまとやらが、どうかしたのか……」

「へい。病だと聞いたのですが……」

「どのような病だと申すのだ」

「例えば、人が斬りたくなるような……」

洪庵の眼が鋭く光った。

「人を斬る……」

「はい……」

「やはりな……」

洪庵は吐息を洩らした。

「と仰いますと……」

「世の中には、激しい頭痛の発作に襲われて、何かすれば治る病がある」

「何かすればって、人を斬れば治る事も……」

伊佐吉は身を乗り出した。

「ま、人によって違うが……。それに、治るというより、一時的に発作が治まるだけだ」

「じゃあ、久元さまはその病を……」

「親分、久元さまとやらがそうだとは云っていない。私は世の中には、そういう病があると申しているだけだ。そいつを間違えるではないぞ」

洪庵は念を押した。

「はい。それにしても発作が起こる度に人を斬っていたら大変ですね」

「うむ。だから眠り薬でも飲み、眠るしかないのだ」

「って事は、不治の病って奴ですか……」

「今の医術ではどうにもならぬ病だ」

「恐ろしい病ですね」

「ああ。恐ろしくもあり、気の毒でもありだよ……」

洪庵は久元を憐《あわ》れんだ。

「さて、私の知っている患者の事は、それぐらいだな」

洪庵は話を打ち切った。

「はい。いろいろ教えて戴きましてありがとうございました」

伊佐吉は深々と頭を下げ、礼を述べた。


申の刻七つ半が過ぎた。

平八郎と伊佐吉は、笠岡藩中屋敷の斜向かいの家の二階に戻っていた。

伊佐吉は、町医者中井洪庵から聞いた話を平八郎に教えた。

「やはり病だったか……」

「ええ。そいつも酷《ひど》い病ですよ」

「うむ……」

「どうします」

「親分、だからといって辻斬りをし、他人に罪をなすりつけるのが許されるものではない」

「じゃあ……」

「ああ。暮六つに中屋敷に乗り込み、白黒を付けてやる」

「親分……」

窓辺にいた下っ引の長次が、伊佐吉を呼んだ。

「どうした……」

伊佐吉と平八郎は、素早く窓辺に寄った。

三人の武士が、中屋敷の潜り戸が開くのを待っていた。

三人の武士の中には、留守居役の梶原左兵衛がいた。

「留守居役の梶原だ……」

平八郎は、伊佐吉と長次に教えた。

門番が潜り戸を開けた。

梶原が素早く入った。二人の武士が、辺りを鋭く見廻した。

平八郎たちは身を隠した。

二人の武士は、梶原に続いて潜り戸を潜って姿を消した。

「後の二人は……」

「分からぬが、おそらく笠岡藩の藩士だろう」

「平八郎さんに対する備えでしょうね」

「うむ。身のこなしから見て、かなりの使い手だな」

「大丈夫ですか……」

伊佐吉は眉を顰めた。

梶原と松井は、平八郎の口を封じるつもりでいる。

「ま、なんとかなるだろう」

平八郎は、屈託のない笑顔を見せた。

「それで、久元を辻斬りとしてお縄にするのですか」

「さあて、そいつはどうなるか。俺は夏目源之助の恨みを晴らし、汚名が雪げればいいだけだ」

約束の暮六つが近付いた。


笠岡藩江戸中屋敷は、夕陽を背に受けて黒い影になっていた。

暮六つ、平八郎は中屋敷の潜り戸を叩いた。

格子窓が開き、門番が覗いた。

「矢吹平八郎だ。松井どのに取り次いで貰おう」

門番は慌てて格子窓を閉め、潜り戸を開けた。

「どうぞ……」

門番は、平八郎を招き入れた。

平八郎は、油断なく中屋敷内に踏み込んだ。


書院には西日が差し込み、平八郎の影を長く伸ばしていた。

藩士が、明かりを灯した燭台を持って来た。

燭台の明かりは、瞬くように揺れながら書院を照らした。

「間もなく参ります」

藩士は平八郎に告げ、書院を出て行った。

平八郎は待った。

人の気配が微かに過り、すぐに消えた。

平八郎は僅かに身構えた。

廊下を軋ませ、梶原左兵衛と松井市兵衛がやって来た。

「お待たせ致した」

梶原は、屈託のない様子で平八郎と対座し、松井が横手に控えた。

「矢吹どのには、夏目源之助の日記を持っておられるとか……」

梶原は平八郎を窺《うかが》った。

「如何にも……」

平八郎は薄笑いを浮かべた。

「ならば、その日記、渡して戴こう」

「五十両、貰ってからだ」

「日記が先だ……」

梶原は、厳しい眼差しを平八郎に向けた。

松井が刀を握った。そして、次の間で人の気配が揺れた。先程、微かに過った人の気配だった。

「夏目の日記などあるまい」

梶原は嘲笑を浮かべた。

「……それ程、夏目の日記を欲しがるところを見ると、書き記されている事は本当なんだな」

平八郎は不敵に笑った。

「辻斬りを働いたのは、病持ちの久元って御落胤……」

「矢吹……」

梶原の顔色が、一瞬にして変わった。

「その久元の病は、母親から受け継いだ頭が痛くなるもので、治めるには人を斬るしかなかった……」

梶原の眼が、冷たく底光りした。

松井が微かに震え、次の間の人の気配は殺気に変わった。

平八郎は尚《なお》も続けた。

「そして、辻斬りを働き、その罪を新参者の夏目源之助に着せて切腹させた……」

「矢吹……」

「最初から久元の罪を着せる為に、憐れな貧乏浪人を仕官させたのか……」

梶原の冷たい眼に笑いが滲んだ。

「だとしたらどうしたと云うのだ……」

「……滅多にねえ汚い話だ」

平八郎は、湧き上がる怒りを懸命に押さえた。

「黙れ、野良犬同然の貧乏浪人ではなく、我が笠岡藩の藩士として死ねただけ、武士としてありがたいと思うんだな」

「辻斬りの汚名にまみれ、役人に取り囲まれて惨めに腹を切ってもか……」

平八郎は、梶原を静かに見詰めた。

「左様……」

梶原は、嘲りを浮かべて頷いた。その頷きが終わる寸前、平八郎は片膝を着いて刀を抜き打ちに走らせた。

梶原の首を光芒《こうぼう》が貫き、その顔が嘲りを浮かべたまま転げ落ちた。

松井が悲鳴をあげた。梶原が連れて来た二人の藩士が、次の間から刀を抜いて飛び込んで来た。

平八郎は素早く応戦した。

刀が光となって交錯した。

鋭く斬り結ぶ三人の影は、燭台《しょくだい》の明かりに大きく揺れた。

平八郎の神道無念流の剣は、幾筋もの光芒となって縦横に飛び交った。

刃が咬《か》み合って火花が飛び、焦げ臭さが漂い、血の匂いが湧いた。

藩士の一人が、首筋から血を振り撒《ま》いて倒れた。

平八郎は刀から血を滴らせ、残る藩士と対峙《たいじ》した。

「で、出合え、狼藉《ろうぜき》者だ。出合え」

松井は恐怖に包まれ、震えた声で叫んだ。

中屋敷詰めの藩士が、廊下を鳴らして駆け付けて来た。

刹那《せつな》、平八郎と残る藩士が、上段に構えていた刀を互いに真っ向に斬り下ろした。

光芒が交錯し、静寂が押し包んだ。

一筋の血が、残心の構えを取る平八郎の額から流れ落ちた。同時に残った藩士が、棒のように倒れ込んだ。

悲鳴があがった。

松井市兵衛だった。松井は斬り合いの凄まじさに怯え、訳の分からぬ悲鳴をあげて中屋敷の奥に逃げた。中屋敷詰めの藩士たちは、松井に続いて我先に逃げ散った。

平八郎は松井を追い、中屋敷の奥に踏み込んだ。

松井は何処かに逃げ込んだのか、廊下に人影は見えなかった。

平八郎は、油断なく奥に進んだ。

その時、奥から松井の絶叫があがった。

平八郎は立ち止まった。

血の匂いが漂って来た。

松井が何者かに斬られた……。

平八郎は油断なく身構えた。

行く手の暗がりに人影が浮かんだ。

平八郎は透《す》かし見た。

人影はゆらりと揺れ、平八郎に向かって進んで来た。右手に抜身を握った人影は、平八郎に向かって左手に持っていた物を投げ付けた。投げられた物は、平八郎の手前に落ちて廊下を濡らしながら転がった。

平八郎は眼を凝らし、転がって来た物が何か見詰めた。

血に濡れた松井市兵衛の首だった。

平八郎は僅かにたじろいだ。

同時に、白刃が風を巻いて平八郎に襲い掛かって来た。平八郎は身を反らし、襲い掛かる白刃を見切った。

白刃は、平八郎の鼻先で甲高《かんだか》く鳴った。

誰だ……。

平八郎は態勢を整え、相手を透かし見た。

痩身短軀の大きな頭の顔には、輝きの失せた虚《うつ》ろな青い眼があった。

御落胤の中沢久元……。

平八郎は久元を見詰め、静かに刀を構えた。

虚ろな青い眼をした久元は、無言のまま平八郎に斬り付けてきた。

空を斬る刀が、再び甲高く鳴った。甲高く鳴る刃風は、平八郎には久元の悲鳴のように聞こえた。

久元は魂を失っている……。

激しい頭痛は松井を斬って治まり、おそらく我を失ったままでいるのだ。

平八郎は久元を憐れんだ。

久元は、操られる人形のように再び平八郎に鋭く斬り掛かってきた。

これ迄だ……。

平八郎は、刃風を鳴らして斬り降ろされた久元の刀を見切り、その脇腹に光芒を放った。

久元は、驚いたように青い眼を見開いた。

虚ろな青い眼には輝きが戻り、人形のように無表情だった顔が激しく歪んだ。

「おのれ……」

久元は斬られて血の滲む脇腹を触り、初めて人間らしい感情を見せた。

「久元、夏目源之助という家来を覚えているか……」

「夏目源之助……」

「そうだ、覚えているか……」

久元は怪訝に眉を寄せた。

「いや、知らぬ……」

久元はそう云い残し、ゆっくりと崩れ落ちて絶命した。

己の辻斬りの罪を被り、汚名にまみれて切腹した家来の名を知らなかったのだ。

平八郎は虚しかった。

夏目源之助の死も、久元の死も……。

只、虚しかった。

中屋敷詰めの藩士と門番は、隠れているのか逃げたのか、その姿は何処にも見えなかった。

平八郎は、潜り戸から中屋敷を出た。

伊佐吉と長次が、暗がりから駆け寄って来た。

「終わりましたか」

「ああ……」

「で、どうなりました」

「夏目の恨みは晴らしたが、汚名を雪ぐ事は出来なかった……」

平八郎の足取りは重かった。

笠岡藩は久元の死は勿論、梶原たち藩士の死を公にはしない筈だ。公にすれば、久元の存在と病の果ての辻斬りが発覚し、笠岡藩は只では済まなくなる。

久元の死は、笠岡藩にとって願ったり叶ったりなのだ。そして、梶原や松井たち藩士は、藩を守る為に命を棄てた忠義の士として秘密裏に処理される。

何もかも闇の彼方に葬られる……。

平八郎は、虚しさと苛立ちを覚えずにはいられなかった。

「親分。酒、付き合ってくれないか」

伊佐吉は、平八郎の苛立ちに気付いていた。

「お供しましょう」

伊佐吉は、長次に中屋敷の動きを見張らせ、平八郎の酒に付き合った。

その夜、平八郎は酒を飲み、酔った。


口入屋『萬屋』の主・万吉は、平八郎の話を黙って聞き終えた。

「……それで終わりだ」

平八郎は吐息を洩らした。

「そうですか、斬り棄てましたか……」

「ああ……」

「ですが、そんな噂、さっぱり聞きませんね」

万吉が云う通り、笠岡藩江戸中屋敷の惨劇は、噂好きの江戸の人々の口にはのぼっていなかった。

あの夜、長次の話では、笠岡藩上屋敷の藩士たちが駆け付けて来た。そして、門を固く閉ざし、篝火《かがりび》を焚《た》いて遅くまで何事か作業をしていたという。

おそらく駆け付けた藩士たちは、久元と梶原たちの遺体を片付けたのだ。そして、平八郎の睨み通りに一切を無かった事にした。それは、平八郎にとっても都合の良い話だった。

「それで、本当の辻斬りは久元であり、留守居役などの御家来衆が、夏目さんにその罪をなすりつけたんですね」

「うん。間違いない。だが、そいつを公にして、夏目の汚名を雪いでやれなかった……」

「ですが、恨みは晴らしてやれたじゃありませんか」

万吉は平八郎を励ました。

「とにかく親父、俺が出来るのはここまでだ」

平八郎は、浪人である己の無力さを思い知らされた。

「これで、この仕事からは手を引かせて貰う」

「よろしいでしょう……」

万吉はあっさりと頷いた。

「じゃあ……」

平八郎は『萬屋』から出て行った。

万吉は、平八郎が帰ったのを確かめ、出掛ける仕度を始めた。

『萬屋』を出た万吉は、明神下の通りを足早に神田川に向かった。そして、神田川沿いを隅田川に進み、柳橋から両国橋を渡った。

「行き先は本所か深川……」

平八郎は慎重に尾行した。

万吉は、おそらく平八郎を雇った者に事の顚末を報せに行く。その時、雇い主が誰なのかはっきりする。

平八郎は万吉を追った。

本所に入った万吉は、竪川《たてかわ》に架かる一つ目橋を渡り、隅田川沿いの道を深川に向かった。

深川の富岡八幡宮《とみおかはちまんぐう》・永代寺《えいたいじ》の門前は、江戸でも有数の岡場所であり、女郎屋が軒を連ねていた。万吉は岡場所に足を踏み入れた。

平八郎の雇い主はやはり百合であり、岡場所に身売りをして金を工面したのだ。

睨みは当たった……。

平八郎は当たった嬉しさよりも、深い落胆を覚えた。

万吉は岡場所を進み、一軒の女郎屋の暖簾を潜った。
やはり……。
平八郎は立ち止まった。
百合が、女郎に身売りしているのを確かめて今更なんになる……。
平八郎は立ち尽くした。
四半刻が過ぎ、女郎屋から万吉が出て来た。
平八郎は咄嗟に物陰に隠れた。
一人の女中が、万吉を見送りに女郎屋から出て来た。
女中は百合だった。
平八郎は驚いた。
百合は深々と頭を下げ、帰って行く万吉を見送った。
百合は女郎に身売りをせず、女郎屋の下働きになっていたのだ。
良かった……。
平八郎は思わず声に出した。
百合が女郎になっていなかったのは、せめてもの慰めだった。
平八郎の心は、微かに晴れた。

第二話　御隠居始末

一

神田明神下お地蔵長屋は、おかみさんたちの洗濯も終わって静かになった。

平八郎はようやく眼を覚まし、掛け布団を蹴飛ばして井戸端で顔を洗った。そして、釜の底にこびり付いていた残り飯に湯を掛けて啜《すす》り、家を飛び出した。

長屋の木戸口には、名前の謂《いわ》れになった古い地蔵がある。古い地蔵の目鼻は、長い年月を風雨に晒《さら》されて崩れていた。

家から出て来た平八郎は、地蔵に手を合わせてあたふたと駆け出して行った。

平八郎が、地蔵に手を合わせるのには理由がある。以前、空腹に堪《た》えかね、地蔵の供え物を盗み食いして腹をこわしたのだ。

罰《ばち》が当たった……。

以来、平八郎は毎日一度、必ず地蔵に手を合わせた。

口入屋《くちいれや》『萬屋』は、その日の仕事の周旋《しゅうせん》も終わり、主《あるじ》の万吉は帳付けをしていた。

「親父、何か割の良い仕事、残っているか」

平八郎が駆け込んできた。

万吉は、平八郎をちらりと見て帳付けを続けた。

「ないか……」

平八郎は、息を鳴らして框《かまち》に腰掛けた。

「四つ時も過ぎれば、ある訳ないよな」

昨夜、剣術道場の振舞い酒を飲みすぎたようだ。平八郎は落ち込んだ。

「ありますよ」

万吉は、視線を帳簿に落としたまま答えた。

「ある」

「ええ……」

万吉は帳付けを終え、平八郎に向き直った。

「どんな仕事だ」

平八郎は身を乗り出した。

「お手当ては一日一朱《いっしゅ》。仕事は年寄りのお供《とも》ですよ」

「年寄りのお供で一日一朱か……」

平八郎の顔に笑みが零《こぼ》れた。

「はい。どうします。やりますか」

「親父、その年寄り、どんな奴だ……」

「川越《かわごえ》の茶問屋の御隠居さまでしてね。季節ごとに江戸に出て来るんですよ」

平八郎は戸惑った。

「茶問屋の隠居ならお供をする奉公人は幾《いく》らでもいるだろう」

「そりゃあ、いるでしょうね」

「だったら、どうして人を雇う」

平八郎は怪訝《けげん》に眉根《まゆね》を寄せた。

「さあ、川越から奉公人を連れてくるのも面倒なんじゃあないですかね」

万吉も首を捻《ひね》った。

「ま、そいつを知りたいのなら、御隠居に一日一朱で雇われてみるしかありませんよ」

万吉は笑った。

「それもそうだな……」

平八郎は思わず納得した。


隅田川には様々な船が行き交っていた。

平八郎は吾妻橋を渡り、隅田川沿いの道を遡《さかのぼ》った。そして、横《よこ》川に架かる源森《げんもり》橋を渡り、御三家水戸《みと》藩江戸下屋敷《しもやしき》の傍《そば》を抜けて向島《むこうじま》に入った。

隅田堤《づつみ》には桜並木が続き、江戸でも有数の桜の名所だった。

茶問屋の御隠居の暮らす寮は、向島竹屋《たけや》ノ渡《わたし》の傍にある三囲《みめぐり》神社の裏にあった。

寮は板塀に囲まれ、玄関先の植木は綺麗に手入れをされていた。

平八郎は寮の中に声を掛けた。

「何か用かい……」

玄関の横手、庭に続く木戸から痩《や》せた老爺《ろうや》が現れた。

「俺は明神下の口入屋『萬屋』の紹介できた者だが、御隠居さんはいるか」

「お前さん、名前は……」

老爺は白髪眉を寄せ、平八郎に値踏みの一瞥《いちべつ》をくれた。

「俺か、俺は矢吹平八郎って者だ」

「浪人暮らし、長いのかい」

「ああ、親の代からだ……」

「やっとうは、どうだい」

老爺の質問は続いた。

「神道無念流だが、早く御隠居さんに取り次いでくれ」

「そうか、ちょいと待っていてくれ」

老爺は木戸を潜り、庭に戻って行った。

妙に煩《うるさ》い下男だ……。

平八郎は、木戸越しに庭を覗《のぞ》いた。

庭に老爺の姿はなく、綺麗に手入れされた庭木が見えた。

平八郎は隠居の現れるのを待ち、辺りを見廻した。

三囲神社の屋根が、雑木林の向こうに見えた。その雑木林の暗がりに、こちらを窺っている男がいた。

なんだ……。

平八郎は確かめようとした。だが、男は逸早く雑木林の奥に姿を隠した。

その時、寮の戸が開いた。

平八郎は振り返った。

玄関先には、羽織を着た老爺がいた。

「さあ、行こう」

「えっ、あんた……」

平八郎は眼を見張った。

「お前さんを雇った隠居の仁左衛門《にざえもん》だ」

下男だと思った老爺は、雇い主である隠居の仁左衛門だった。

「はあ……」

仁左衛門はさっさと歩き出した。平八郎は慌《あわ》てて続いた。

仁左衛門は平八郎を従え、隅田堤を吾妻橋に向かった。

「何処《どこ》に行くのだ、御隠居」

「本所《ほんじょ》だ」

「本所に何をしに行くのだ……」

「矢吹さん……」

仁左衛門は平八郎を一瞥した。

「お前さんは、一日一朱で私のお供をするのが仕事だ。黙ってお供をすりゃあ良いんですよ」

仁左衛門は冷たく言い放った。

「分かった……」

平八郎は、憮然《ぶぜん》としながら背後を窺った。

遊び人風体《ふうてい》の男が、目立たないように後ろから来ていた。雑木林から寮を窺っていた男だった。

尾行《つけ》て来ているのか……。

平八郎は戸惑った。

仁左衛門は吾妻橋の東詰《ひがしづめ》を抜け、本所に入った。

平八郎は、尾行して来る男を確かめた。だが、尾行して来た男の姿は見えなかった。

「あれ……」

平八郎は思わず立ち止まり、尾行して来た男を捜《さが》した。やはり男の姿は、何処にもなかった。

「どうしたんだい」

仁左衛門が振り返った。

「いや、別に……」

勘違いだったのかも知れない……。

平八郎は、仏頂面《ぶっちょうづら》をしている仁左衛門の傍に急いだ。


本所に入った仁左衛門は、竪川に架かる二つ目《ふため》橋を渡り、林町《はやしちょう》二丁目にある一軒の家に向かった。

「御免よ」

仁左衛門は、腰高障子《こしだかしょうじ》開けて土間に入った。平八郎が続いた。

若い三下《さんした》が奥から出て来た。

「三五郎《さんごろう》はいるかい」

仁左衛門は三下を睨みつけた。

「なんだ手前《てめえ》は……」

三下は眉を怒らせ、凄《すご》んで見せた。

「三五郎はいるかと聞いているんだ」

仁左衛門は嘲笑を浮かべた。

「爺《じじ》い、黙って聞いてりゃあ、家の旦那を呼び捨てにしやがって」

三下はいきり立ち、仁左衛門に殴り掛かった。

刹那、仁左衛門は平八郎の陰に隠れた。

平八郎は、殴り掛かって来た三下の腕を捻り、突き飛ばした。

三下は悲鳴をあげ、土間に倒れ込んだ。

「寅松《とらまつ》、何の騒ぎだ」

初老の男が、用心棒らしき浪人を従えて居間から出て来た。

「お前さんが、金貸し三五郎かい」

仁左衛門は、初老の男を見上げた。

「ああ、俺が三五郎だが、お前さんは……」

三五郎は頷《うなず》き、怪訝な眼差しを向けた。

「儂《わし》は仁左衛門って者でな。大工の清八《せいはち》の借金を返しに来たよ」

「清八の借金を返しに来ただと……」

三五郎は戸惑いを浮かべた。

「ああ。清八が借りた十両と利息の一両二分だ」

仁左衛門は、十一枚の小判と二分金を差し出した。

「借用証文、渡して貰おう」

「仁左衛門さん、残念だが、利息はあと一両増えていましてね」

三五郎の眼が狡猾《こうかつ》に輝いた。

「だったらもう一両だ」

仁左衛門は、事もなげに一両を足した。

三五郎は笑った。

「仁左衛門さん、清八とどんな関わりなんですかい」

「そんな事はどうでもいい。それより早く証文を渡しな」

仁左衛門が促した。

「じゃあ、ちょいとお待ちを……」

三五郎は居間に戻った。

仁左衛門は、金貸しでも借金取りでもなかった。逆に他人の借金を返しに来たのだ。

三五郎が清八の借用証文を持って来て、仁左衛門に差し出した。

仁左衛門は証文を一読し、懐《ふところ》に仕舞った。

「確かに……」

仁左衛門は三五郎に頷いて見せ、平八郎に目顔《めがお》で帰ると告げた。

平八郎は頷き、用心棒らしい浪人の動きを油断なく見守った。

「邪魔したな……」

御隠居仁左衛門は、平八郎を従えて三五郎の家を出た。

「寅松、隠居が何処のどいつか突き止めて来な」

「へい……」

三下の寅松は、仁左衛門と平八郎を追っていった。

仁左衛門と平八郎は、竪川に架かる二つ目橋を渡って本所松坂《まつざか》町の回向院《えこういん》に向かった。

「つまりは用心棒か……」

平八郎は苦笑した。

「違う。お前さんの出番はこれからだ」

仁左衛門は、平八郎を用心棒として雇った事を否定した。

「これから……」

「ああ……」

仁左衛門は無愛想な返事をし、性急な足取りで進んだ。

「大工の清八ってのは親類なのか」

「違う」

「じゃあ……」

「赤の他人だ……」

「ほう、赤の他人の借金を肩代わりするとは驚いたな」

「お前さんには関わりのない事だ」

「そりゃあそうだが……」

その時、平八郎は尾行してくる男に気付いた。

向島の寮から追って来た男ではなく、寅松という名の三五郎の処《ところ》の三下だった。

「御隠居、寅松が追って来る」

「寅松……」

仁左衛門は眉を顰《ひそ》めた。

「三五郎の処にいた三下だ」

「ああ、あいつか……」

仁左衛門は思い出した。

「放っておいていいか……」

「いいや、片付けてくれ」

「心得た」

仁左衛門と平八郎は、竪川沿いの道を右手の塀の角を曲がった。

物陰沿いに来た寅松は、二人を追って小走りに塀の角を曲がった。次の瞬間、寅松は後頭部に激しい衝撃を受け、気を失ってその場に崩れ落ちた。

平八郎は気を失って倒れた寅松を一瞥し、撲《なぐ》った棒切れを棄てた。


回向院の境内《けいだい》は参拝客で賑わっていた。

平八郎は、仁左衛門を捜した。

仁左衛門は、境内の外れの木陰で平八郎を待っていた。

平八郎は駆け寄ろうとした。だが、その足はすぐに止まった。

仁左衛門には、淋《さび》しさと哀《かな》しさが溢《あふ》れている……。

直感が囁《ささや》いた。

平八郎は物陰に入り、仁左衛門を見守った。

仁左衛門は、行き交う参拝客の向こうを眺めていた。その視線の先には、遊んでいる幼い子供たちの姿があった。

仁左衛門の視線は、遊ぶ幼い子供たちに注がれていた。その視線は、慈愛《じあい》と哀しさに満ちていた。

まるで別人だ……。

平八郎は、仁左衛門の新たな顔を見た。

「御隠居……」

仁左衛門は、平八郎の呼び掛けに微《かす》かな狼狽《ろうばい》を浮かべた。

「子供たちがどうかしたのか……」

平八郎は、幼い子供たちをちらりと一瞥し、誘いを掛けた。

「いや。で、三下は片付けたかい」

仁左衛門は微かな狼狽を素早く消し、険しい眼差しを平八郎に向けた。

「心配するな」

「よし、じゃあ行こう」

仁左衛門と平八郎は、回向院の境内を出た。

回向院の裏手には、軒が落ちて今にも潰《つぶ》れそうな古い長屋があった。

仁左衛門は、長屋の木戸口に佇《たたず》んだ。

「矢吹さん、一番奥の家の者にこれを渡して来てくれ」

仁左衛門は小さな薄い紙包みを出し、平八郎に渡した。紙包みにはずっしりとした重さがあり、微かに金属の音がした。

おそらく小判が十枚……。

「こいつを一番奥の家の者に渡すのか……」

「ああ……」

「何故、自分で渡さないのだ」

「渡せないからだ……」

仁左衛門は白髪眉を怒らせ、憮然として平八郎を厳しく一瞥した。

「そいつは分かったが、誰からかと聞かれたら何と云えばいいんだ」

「得体の知れない年寄りに頼まれたとでも云えばいい」

「それで受け取るのか……」

「余計な心配をしないで、無理矢理にでも置いてくるんだよ」

仁左衛門は微かに苛立《いらだ》った。

余計な詮索《せんさく》は、仁左衛門を怒らすだけだ。

「分かった……」

平八郎は小判の紙包みを握り、長屋の一番奥の家に向かった。

つぎはぎだらけの腰高障子は、日に灼けて斜めに傾いていた。

平八郎は、腰高障子を静かに叩いた。

家の中から若い女の返事がし、腰高障子が落ちた軒を揺らして開いた。

煎《せん》じ薬の匂《にお》いが、溢れるように漂った。

病人がいる……。

平八郎はそう思った時、粗末な着物を着た十五、六歳の娘が眼の前に立った。

娘は、怪訝に平八郎の顔を見上げていた。

「あの、何か……」

「これを渡すように頼まれた」

平八郎は、小判の紙包みを娘の手に素早く握らせた。

「えっ……」

娘は驚いたように手を引いた。

紙包みが落ち、小判が音を鳴らした。

娘は紙包みが小判だと気付いた。

平八郎は素早く拾い、再び娘の手に紙包みを握らせようとした。

「なんですか、それ……」

娘は恐ろしそうに眉を顰め、手を握り締めた。

「俺は年寄りに届けるように頼まれたんだ。頼む、受け取ってくれ」

「年寄りってどなたですか……」

「さあ、きっとお前たちの知り合いだと思う」

平八郎は惚《とぼ》けるしかなかった。

その時、家の中で女の引き攣《つ》ったような苦しげな咳が激しくした。

「おっ母《か》さん……」

娘は慌てて家に入った。

平八郎は家の中を覗いた。

娘の母親が痩せた身体を折り曲げ、粗末な蒲団《ふとん》の中で苦しげに咳き込んでいた。

「大丈夫、おっ母さん」

娘は必死に母親の背を擦《さす》った。だが、母親の咳は酷く、激しくなるばかりだった。そして、娘の悲鳴があがった。

「どうした」

平八郎は思わず叫び、家に入った。

母親が蒼白《そうはく》な顔をし、鮮やかな程に赤い血を吐いていた。労咳《ろうがい》……。

平八郎はそう判断した。

「しっかりしておっ母さん」

娘は半泣きになり、ぐったりした母親に縋っていた。

「おすみ……」

母親は、消えるような声で娘の名を呼んだ。

「医者を呼んでくる。何処だ」

平八郎は、おすみという名の娘に尋ねた。

「お医者さまは、お金が払えないので……」

「往診に来てくれないのか」

おすみの眼に涙が溢れ、零れ落ちた。

「おのれ。金ならここにある、医者の家は何処だ」

平八郎は、小判の金包みを握り締めた。

「何をしているんだ……」

仁左衛門は苛立っていた。

その時、血相を変えた平八郎が、奥の家から猛然と飛び出して来た。

仁左衛門は驚いた。

「どうしたんだ」

「御隠居、おっ母さんが血を吐いた。医者を連れてくる」

平八郎はそう云い残し、仁左衛門の前を旋風《つむじかぜ》のように駈け抜けて行った。

「血を吐いた……」

仁左衛門は茫然《ぼうぜん》と呟《つぶや》いた。

「あの貧乏長屋の住人ではな。儂の薬代は高いぞ……」

町医者の玄庵《げんあん》は往診を渋った。

「馬鹿野郎、患者は血を吐いているんだ。金なら払ってやるから、さっさと来い」

平八郎は紙包みから一両出し、玄庵に叩き付けた。小判は玄庵に当たり、音を立てて落ちた。玄庵は慌てて小判を拾った。

「さあ、一緒に来い」

平八郎は玄庵を引きずり出した。

おすみの母親の症状は、玄庵の手当てで辛《かろ》うじて落ち着きを取り戻した。

平八郎は安堵《あんど》し、仁左衛門を思い出した。そして、残り九両の入った紙包みを母親の枕元に密《ひそ》かに置き、長屋の木戸口に仁左衛門を捜した。だが、木戸口に仁左衛門はいなかった。

平八郎は、勝手な真似をした。仁左衛門はそれを怒ったのかも知れない。

「御隠居……」

平八郎は吐息《といき》を洩《も》らした。仁左衛門が何処に行ったか分からない限り、平八郎に行く当てはない。

平八郎は、神田明神下の口入屋『萬屋』に向かった。

万吉は、薄笑いを浮かべて平八郎を迎えた。

「忙しかったようですね」

「御隠居が来たのか……」

仁左衛門が来ない限り、万吉が平八郎の様子を知っている筈《はず》はない。

「ええ……」

「怒っていただろう」

「いいえ。別に……」

「怒っていなかったのか……」

平八郎には意外だった。

「ええ。それで向島に来てくれとの事です」

「向島……」

仁左衛門は、あれから『萬屋』に立ち寄り、向島の寮に戻ったのだ。

「分かった。ところで親父。御隠居はどういう人なんだ」

万吉は戸惑いを浮かべた。

「今朝、お話ししたように川越の茶問屋の御隠居さまですが……」

「そいつは聞いたが、どうにも分からない事があってな」

清八という大工の借金を肩代わりし、おすみと母親に十両の金を渡そうとしていた。

何故だ……。

平八郎には、分からない事ばかりだった。

「だったら、早く向島に行ってみるんですね」

万吉は話を打ち切った。

二

隅田川は夕陽に赤く染まっていた。

平八郎は隅田堤を急ぎ、三囲神社裏の仁左衛門の寮に近付いた。

男の怒号《どごう》があがった。

平八郎は、弾《はじ》かれたように猛然と走った。

男たちの争う声は、仁左衛門の寮からあがっていた。

平八郎は、寮の中に駆け込んだ。

数人の遊び人風の男が、仁左衛門に襲い掛かっていた。

平八郎は、男の一人を激しく殴り飛ばした。

男たちは、平八郎のいきなりの登場に怯《ひる》んだ。

仁左衛門が、素早く平八郎の背後に逃れた。

「大丈夫か、御隠居」

「ああ……」

「で、何だ、お前たちは……」

平八郎は着物の袖をまくり、袴《はかま》の股立《ももだ》ちをとって男たちに踏み出した。

男たちは、一斉に庭に降りて匕首《あいくち》を抜いて身構えた。男たちの中には、仁左衛門の寮を見張り、尾行してきた者もいた。

「どうしてもやりたいのか……」

平八郎は、苦笑しながら庭に降りた。

「煩《うる》せえ」

男たちが、匕首を煌《きら》めかせて平八郎に襲い掛かってきた。

「馬鹿野郎」

平八郎は、男たちを容赦なく殴り、蹴り、投げ飛ばした。

男たちは、悲鳴をあげて庭に転げ、我先に逃げ出した。

「怪我はないか、御隠居」

「ああ、大丈夫だ……」

仁左衛門は息を荒く鳴らした。

「なんだ、あいつらは……」

「それより、おはまさんの容態《ようだい》、どうなった」

「おはまさんって……」

「ああ。おすみのおっ母さんだ」

おはまは、おすみの母親の名前だった。

「おっ母さんなら、医者の手当てを受けてどうにか楽になったようだ」

「そいつは良かった……」

仁左衛門は安堵の面持ちになった。

夕陽は三囲神社の向こうに沈み、寮は薄暮《はくぼ》に溶け始めた。

行燈《あんどん》の灯《あか》りの瞬《また》きは、ようやく落ち着いた。

仁左衛門は酒を仕度《したく》し、平八郎に勧《すす》めた。

「すまんな……」

平八郎は酒の満ちた猪口《ちょこ》を手にし、仁左衛門が手酌《てじゃく》を終えるのを待った。

「じゃあ……」

仁左衛門は、酒を満たした猪口をそっと掲げた。

「戴《いただ》く」

平八郎は猪口を空けた。

「矢吹さん、後は手酌でお好きなようにやって下さい」

「心得た」

平八郎と仁左衛門は、互いに手酌で酒を飲み始めた。

庭から夜風が柔らかく漂い、虫の音《ね》が湧《わ》き始めた。

「御隠居、さっきの野郎ども、何者なんだい」

「さあ、爺いの一人暮らし。金があると思って押し込んで来たろくでなしですよ」

仁左衛門は酒を飲んだ。

「そいつはないだろう……」

平八郎は、手酌で猪口に酒を満たした。

「夕暮れ時の押し込みなんて、滅多《めった》に聞かない話だ。それにな、御隠居。野郎どもの一人は昼間からここを見張り、出掛けた俺たちを尾行て来た……」

平八郎は、仁左衛門の反応を窺った。

仁左衛門は微かに動揺し、素早く消し去った。

やはり、関わりがある……。

平八郎は確信した。

仁左衛門は猪口の酒を飲み干し、苦笑した。

「そうでしたか……」

「うん……」

「以前、やつらの悪さを邪魔しましてね。それで恨《うら》みを買い、しつこく追われているって訳ですよ」

「成る程。だが、茶問屋の御隠居には、似合わない話だな」

平八郎は小さく笑って続けた。

「じゃあ、赤の他人の借金を肩代わりして、おすみたちに金を恵むのは昔、世話になった恩返しか……」

「仰る通りです」

仁左衛門は、笑みを浮かべて頷いた。

「それで矢吹さん。恩返しをしなきゃあならない相手、他にもう一人おりましてねえ。その人への恩返し、私に代わってやってはくれませんか……」

どうです、やっては戴けませんか……」

「はい。いずれは私が恩返しをしますが、今はいろいろと事情がありましてね。

「そいつは、本当の恩返しにはならんだろう」

「はい」

「恩返しの代役か……」


「そうだなあ……」

「この通りです」

仁左衛門は、両手をついて頭を下げた。

「御隠居、そいつも一日一朱の給金か……」

「少ないですか……」

「いや、充分だ」

仁左衛門は微笑《ほほえ》み、切り餅《もち》を差し出した。

「これをあるお人に渡して戴きたい」

「御隠居の名を出さずにか……」

「左様《さよう》……」

仁左衛門は頷いた。

大工清八の借金の肩代わり。そして、おはま母娘へ渡した金より、格段に多い金額だった。

「御隠居、俺がこの二十五両、自分の懐に入れちまったらどうする」

平八郎は、試すように笑って見せた。

仁左衛門は苦笑した。

「その時は、この歳になっても人を見る眼がなかったと諦《あきら》めますよ」

「諦めるか……」

「ええ。尤《もっと》も矢吹さんが、そんな真似をするとは思っちゃあいませんがね」

「だが、貧《ひん》すれば鈍《どん》するだ。俺だって聖人君子《せいじんくんし》じゃあない」

「そんな真似が出来るなら、とっくに日雇い浪人から逃げ出せている筈です。違いますか」

「いいや、その通りかも知れぬ」

平八郎は苦笑し、酒を飲んだ。

「で、恩返しをする相手、何処の誰なんだ」

「そいつはゆっくりと……」

仁左衛門は、手酌で酒を飲んだ。

夜風はいつのまにか止み、様々な虫の音が交錯していた。

翌朝、平八郎は賑《にぎ》やかな小鳥の囀《さえず》りで眼を覚ました。

朝日に照らされた障子には、囀りながら木の枝を飛び交う小鳥の影が映っていた。

昨夜、平八郎は仁左衛門と酒を飲み続け、そのまま寮に泊まった。

平八郎は障子を開け、仁左衛門のいる居間に向かった。

「御隠居……」

居間に仁左衛門はいなかった。

昨夜、仁左衛門は座敷を平八郎に譲り、居間で寝た筈だ。だが、仁左衛門の姿はなかった。

「御隠居……」

居間は綺麗に片付けられていた。平八郎は、寮の内外に仁左衛門を探した。だが、仁左衛門は何処にもいなかった。

消えた……。

一つの切り餅二十五両を残し、仁左衛門は姿を消した。

茶問屋の隠居のすることではない……。

仁左衛門は、茶問屋の御隠居などではなく、別の顔を持っているのだ。

恩返しも得体の知れぬ男たちの襲撃も、何もかもその正体に関わっているのだ。

一体、何者なのだ……。

平八郎は二十五両を懐に入れ、しっかりと戸締まりをして寮を後にした。

谷中天王寺《やなかてんのうじ》の西側には、数多くの寺があった。

平八郎は不忍池と上野《うえの》寛永寺《かんえいじ》の傍を抜け、谷中の寺町に入った。

姿を消した仁左衛門が、恩返しを願っている相手はその寺町で暮らしている筈だった。

平八郎は寺町を進み、瑞光寺《ずいこうじ》の門前に立った。年老いた寺男《てらおとこ》が、境内の掃除をしていた。

平八郎は境内に入り、寺男に篠崎清一郎《しのざきせいいちろう》の家を尋ねた。

寺男は、境内の横の雑木林を指差した。雑木林の向こうに小さな屋根が見えた。

平八郎は、年老いた寺男に礼を述べ、雑木林の小道を小さな屋根の家に向かった。

武州《ぶしゅう》浪人篠崎清一郎……。

仁左衛門が、平八郎に恩返しを頼んだ相手だった。

平八郎は雑木林の小道を抜け、瑞光寺の小さな家作《かさく》の前に立った。篠崎清一郎は、瑞光寺の家作を借り、妻子と共に暮らしていた。

「御免……」

平八郎は声を掛け、格子戸《こうしど》を開けた。

「はい……」

質素な身なりの女が、小さな家の奥から出て来た。篠崎清一郎の妻に違いない。

「篠崎清一郎どのの御妻女《さいじょ》ですか……」

「はい。左様にございますが……」

篠崎の妻は、探る眼差しで平八郎を見上げた。

「私は矢吹平八郎、篠崎どのはおいでか」

「いいえ。主は今、出掛けておりますが……」

「お出掛けか……」

「はい」

篠崎の妻は頷いた。

「母さま……」

襖《ふすま》の向こうから女の子供の声がした。か細く弱々しい声だった。

「失礼します」

篠崎の妻は平八郎に断り、襖を開けて入った。

「どうしました……」

襖の開閉時に蒲団の端が見えた。

女の子は病《やまい》で寝ているのか……。

幼い女の子の甘える声が聞こえた。

「……もうすぐお父上さまが、お前の好きなお団子《だんご》を買って来てくれますから、大人《おとな》しくお休みなさい……」

篠崎の妻が、幼い娘を寝かしつけている声が洩れてきた。

平八郎は家の中を見廻した。

二間ほどの狭い家は、古いながらも綺麗に掃除されていた。

「失礼致しました……」

篠崎の妻は中座を詫《わ》びた。

「いえ……」

「それで矢吹さま、篠崎にはどのような……」

「それは……」

平八郎は言葉を濁《にご》した。

「それより御妻女、篠崎どのはいつ頃、お帰りになりますか」

「間もなくかと思いますが……」

篠崎の妻は、その顔に不安を滲《にじ》ませた。

「そうですか、それでは又。邪魔を致しました」

平八郎は一礼し、篠崎の家を静かに出た。


年老いた寺男の掃除は終わったのか、瑞光寺の境内には誰もいなかった。

平八郎は、本堂の階段に腰掛けた。

篠崎清一郎とはどんな男なのだ。そして、仁左衛門は、篠崎にどんな恩があるというのだ。

平八郎は思いを巡らせた。

着流しの浪人が、雑木林の小道から現れた。

平八郎は立ち上がった。

中年の着流し浪人は、立ち止まって平八郎を見詰めた。

「矢吹平八郎どのか……」

「如何《いか》にも。篠崎清一郎どのですね」

「左様……」

着流し浪人は篠崎清一郎だった。

「私に用があってお見えになったと、妻の春江《はるえ》に聞きましたが」

「ええ、これを届けるように頼まれました」

平八郎は、懐から切り餅を取り出し、篠崎に差し出した。

篠崎は戸惑い、眉を顰めた。

「……誰からです」

「貴殿《きでん》に恩義のある者だそうです」

「私に恩義のある者……」

「どうぞ、受け取って下さい」

平八郎は切り餅を差し出した。

「矢吹どの、その者の名は……」

「黙って渡せと頼まれましてね。教える訳にはまいらぬ」

「ならば、受け取る訳にはいかぬ」

篠崎は拒否した。

「篠崎どの……」

「仔細《しさい》の分からぬ金子《きんす》、お主《ぬし》は黙って受け取れますか……」

篠崎は、平八郎に微笑みかけた。

「それは……」

篠崎の言い分は尤もだった。

平八郎は言葉に詰まった。もし、立場が逆だったら、平八郎も受け取る筈はない。

「では な……」

篠崎は踵《きびす》を返そうとした。

「待ってくれ、篠崎さん」

平八郎は思わず呼び止めた。

「お話し下さるか」

「お主に金を渡してくれと頼んだのは、川越の茶問屋の御隠居仁左衛門と名乗る年寄りだ」

「川越の茶問屋の御隠居……」

篠崎は怪訝に呟いた。

「左様、痩せて眉の白い年寄りだ。お主には心当たりがある筈だ」

「矢吹どの、名前は仁左衛門と申したな」

篠崎は念を押した。

「左様、本名とは言い切れぬが……」

「知らぬな……」

篠崎は首を横に振った。

「知らぬ」

平八郎は驚いた。

「心当たり、ないのですか」

「ええ……」

「だが篠崎どの、その年寄りはお主に恩返しをするのだと申してこの金を……」

篠崎は苦笑を浮かべた。

「矢吹どの、確かに私は金に困っている。だが、物乞いではない。ではな……」

篠崎は、雑木林の小道を戻って行った。

平八郎は見送るしかなかった。

近所の子供たちが、歓声をあげて駆け込んできた。瑞光寺の境内は、駆け廻って遊ぶ子供たちで急に賑やかになった。

川越の茶問屋の隠居仁左衛門の正体が分からない限り、篠崎清一郎は金を受け取りはしない。受け取って貰《もら》わない限り、平八郎の仕事は終わらない。

平八郎は、口入屋『萬屋』を訪れた。

「御隠居の正体ですか……」

主の万吉は戸惑った。

「ああ、隠居の正体だ。親父、知っているんだろう」

平八郎は万吉に迫った。

「川越の茶問屋の仁左衛門さん、違うんですか……」

万吉は、眼の前に迫る平八郎を仰《の》け反《ぞ》って躱《かわ》した。

「違う」

平八郎は苛立ち、声を荒らげた。

「だったら知りませんよ」

万吉は、負けずに怒鳴り返した。

平八郎は、思わず身を引いた。

「……そうか、本当に知らないのか」

平八郎は吐息を洩らした。

「ええ、知りませんよ」

万吉は番茶を淹《い》れ、平八郎に差し出した。

「馳走《ちそう》になる」

番茶の芳《こう》ばしい香りは、平八郎に冷静さを取り戻させた。

「矢吹さん、御隠居が何故、正体を隠していると思うのですか……」

「実はな親父……」

平八郎は、仁左衛門に与えられた仕事を話して聞かせた。

「成る程、確かに妙ですね……」

万吉は眉をしかめた。

「親父、御隠居が俺に払う給金はどうなっているのだ」

「そりゃあ最初に一両預かっていますよ」

「一両か……」

一日一朱の給金では、十六日分である。

「それで昨日、お見えになった時、余ったら矢吹さんに渡してくれと云いましてね」

「そうか……」

仁左衛門は、昨日からこうなる事を見越していたのかも知れない。

得体の知れぬ年寄り……。

平八郎は、仁左衛門の正体を尚更《なおさら》知りたくなった。

「どうします……」

万吉が、平八郎の顔を覗き込んだ。

「何が……」

「給金の残り、全部渡しましょうか」

「それには及ばん。一日一朱で結構」

平八郎は苛立った。

神田明神門前の居酒屋『花や』では、仕事帰りの大工と左官職人が酒を飲んでいた。

「邪魔するぞ」

平八郎は縄暖簾《なわのれん》を潜《くぐ》った。

「あら、いらっしゃい」

女将《おかみ》のおりんが、板場《いたば》から出て来て迎えた。

「酒をくれ。湯呑《ゆのみ》でいい」

平八郎はおりんに酒を頼み、板場に近い処に腰を落ち着けた。

おりんは、湯呑茶碗に満たした酒を持って来た。

平八郎は、酒を喉《のど》を鳴らして飲み干した。

「お代わりだ」

平八郎は、空《から》になった湯呑茶碗をおりんに差し出した。

「どうしたの……」

「別に……」

「分かった。剣術でどうしても勝てない人が現れたんだ」

「違う」

「じゃあ、ここのところ、ずっと仕事がない」

「違う。それより早く酒のお代わりだ」

「はい、はい……」

おりんは苦笑し、空の湯飲茶碗を持って板場に入った。

平八郎は溜息《ためいき》を吐《つ》いた。

「どうした、平さん……」

おりんの父親で『花や』の主の貞吉が、板場から鰹《かつお》の味噌煮を持って来た。

「やあ、父《と》っつあん……」

「鰹の味噌煮だ。美味《うめ》えぞ」

「お父っつあん、何だか知らないけど、御機嫌斜《なな》め、触らぬ神に祟《たた》りなしですよ」

おりんが湯呑を置いた。酒は揺れたが、零れはしなかった。

平八郎は乱暴に酒を呷《あお》った。

「おりん、平さんに飲ませる酒、今夜はこれで仕舞いだ」

貞吉は厳しく言い切った。

「何だと」

平八郎は声を荒らげた。

大工と左官職人が怯《おび》えたように顔を見合わせ、そそくさと金を払って帰って行った。

「あっ、すみません。ありがとうございました」

おりんが慌てて見送った。

平八郎は我《われ》に返った。

「すまぬ……」

平八郎は、溜息混じりに詫びた。

「何があったの、平さん」

おりんが心配そうに尋ねた。

「おりん、父っつあん、実はな……」

平八郎は、仁左衛門との事の顚末《てんまつ》を話した。

おりんは呆《あき》れ、首を捻った。

「平さんの云う通り、只《ただ》の御隠居さんじゃあないわねえ……」

「おそらく川越の茶問屋ってのも嘘だろうな」

「でも、困っている恩人に恩返しをするなんて、良い人じゃあない」

「だが、得体の知れぬ男たちに狙《ねら》われている」

「そうねえ。その辺が良い人だけじゃあすまないところなのよね」

「うん……」

「平さん、その御隠居、盗人《ぬすっと》かも知れねえな」

貞吉が意外な事を言い出した。

三

蠟燭《ろうそく》の灯りが揺れた。

「盗人……」

平八郎は、貞吉の言葉に驚いた。

「ああ。俺が板前の修業をしていた昔、やはり川越の茶問屋の旦那《だんな》って触れ込みの盗人のお頭《かしら》がいてね……」

「似ているわね」

「普段は川越で暮らしていて、江戸に出て来ては押し込みを働いていたぜ」

「茶問屋の隠居と旦那が違うだけか……」

「ああ……」

貞吉は頷いた。

「盗人か……」

あり得るかも知れない……。

平八郎は、仁左衛門を見張って尾行し、襲った遊び人風の男を思い浮かべた。

居酒屋『花や』を出た平八郎は、夜風に吹かれながらお地蔵長屋に向かった。

行く手の暗がりが揺れた。

平八郎は立ち止まった。

「何か用か……」

平八郎は、暗がりを透《す》かし見た。

「爺いは何処だ……」

暗がりから遊び人風の男が現れた。仁左衛門を見張り、尾行した男だった。

「御隠居に何の用だ……」

「お前さんには関わりねえ。爺いは何処にいるのか、教えて貰おう」

「さあて、知らないな……」

平八郎は嘲笑《あざわら》った。刹那、暗がりから現れた浪人が、平八郎に鋭《するど》く斬り掛かって来た。

平八郎は素早く後退した。だが、遊び人風の男たちが、平八郎の背後を塞《ふさ》いだ。

仁左衛門を襲った奴らだった。

平八郎は身構えた。

浪人は薄笑いを浮かべ、鋭く斬り込んできた。

平八郎は浪人の刀を見切り、素早く踏み込んで抜き打ちに斬りつけた。白刃《しらは》は風を巻き、閃《ひらめ》きとなって浪人を襲った。

浪人は大きく飛び退《の》いた。薄汚れた着物の袖が、斬り飛ばされて夜空に舞った。

同時に男たちが、匕首を煌めかせて平八郎に殺到した。

平八郎は刀を閃かせた。

匕首を握った手が夜空に飛んだ。男の一人が、手首から血を振り撒《ま》いてのたうち廻った。

「おのれ……」

浪人は、平八郎に猛然と斬り付けた。

平八郎は激しく斬り結んだ。

火花が飛び散り、焼ける匂いが漂った。

男たちが、浪人と斬り結ぶ平八郎に次々に突き掛かってきた。

平八郎は、男たちの匕首を躱し、浪人と斬り結んだ。

浪人と男たちの連携した攻撃は、平八郎を苦しめた。

玄人《くろうと》の手馴れた攻撃だった。

呼子笛《よぶこぶえ》の音が、夜空に甲高《かんだか》く鳴り響いた。

浪人と遊び人風の男たちは怯んだ。

平八郎は猛然と反撃した。三人の男たちが、呼子笛を鳴らしながら駆け寄って来た。

「退《ひ》け」

誰かが短く叫んだ。同時に、浪人と遊び人風の男たちは、身を翻《ひるがえ》して闇に逃げ去った。

「何の騒ぎだ」

駆け付けて来た男が、厳しく誰何《すいか》した。聞き覚えのある声だった。

平八郎は刀を納め、男たちに振り向いた。

「あれ、平八郎さんじゃありませんか」

岡っ引の駒形の伊佐吉と、その下っ引だった。

「やっぱり伊佐吉親分か、助かったよ」

「そりゃあ良かったと云いたいんですが、どうして斬り合いなんぞを……」

「それなんだがな親分……」

平八郎は、伊佐吉に相談すべきかどうか迷い、言葉を濁した。

伊佐吉の眼が微かに光った。

平八郎は苦く笑った。

斬り合い騒ぎを起こした限り、伊佐吉を誤魔化し切れる訳はない。

「分かったよ親分……」

平八郎は苦笑した。


伊佐吉は首を捻った。

「川越の御隠居ですか……」

「ああ。盗人かも知れないんだが、聞いた事ないかな」

平八郎は、伊佐吉の返事を待った。

「あっしは聞いた事ありませんが、亀吉《かめきち》、お前はどうだ」

「あっしも……」

亀吉と呼ばれた下っ引が、首を横に振った。

「ですが、平八郎さんの云う通り、只者じゃあねえのは確かですね」

「ああ。そうじゃあなきゃあ、得体の知れねえ奴らが、居所を教えろと俺を襲ったりしやしないだろう」

「ええ。川越の御隠居の正体か……」

「うん。先《ま》ずはそいつだが、どうしたらいいかな」

「さっきの野郎どもに吐かせるのが、一番手っ取り早いでしょう」

　伊佐吉は事もなげに笑った。

「しかし、奴らが何処にいるのか、分からないぜ」

「そいつはご心配なく……」

「どういう事だ」

　平八郎は、怪訝に伊佐吉を見た。

「下っ引の長次、覚えていますか……」

「勿論《もちろん》だ。そういえば一緒じゃあないのか」

「いえ。一緒だったんですが……」

「奴らを追ったのか」

　平八郎は気付いた。

「ええ。岡っ引を見て逃げる野郎に、ろくな奴はおりませんからねえ」

伊佐吉と長次に抜かりはなかった。

「そうか……」

「きっと長次は、野郎どもの居場所を突き止めて来るでしょう。よろしかったら明日、駒形のあっしの家にお出でになりませんか」

「伊佐吉親分の家か……」

「はい……」

「分かった」

平八郎は頷いた。


隅田川には、船の明かりが行き交っていた。

平八郎を襲った浪人と遊び人風の男たちは、深川小名木《おなぎ》川沿いに進んで霊巌寺《れいがんじ》の門前町に入った。そして、門前町の片隅にある茶店に消えた。

下っ引の長次は、物陰の暗がりで見届けた。


仁左衛門を見張り、尾行した遊び人風の男は、浪人の湯呑茶碗に酒を満たした。

「遠藤《えんどう》の旦那、もう一歩でしたね」

「蓑吉《みのきち》、そいつはどうかな……」

遠藤と呼ばれた浪人は、頬に嘲《あざけ》りを浮かべた。

「えっ……」

蓑吉と呼ばれた遊び人風の男は、怪訝な眼差しを遠藤に向けた。

「矢吹平八郎は相当な使い手だ。捕らえたり殺したりする前に、お前たちは皆殺しにされるだろうな」

遠藤は冷たく笑った。

「皆殺し……」

蓑吉の顔に恐怖が過った。

「俺も一人じゃあ勝てるかどうか……」

「それ程ですか……」

「ああ、矢吹を確実に倒すには、手練《てだれ》を雇うしかあるまい」

「手練を……」

「蓑吉、お頭は本当に金を隠しているんだな」

遠藤の眼が狡猾に輝いた。

「そりゃあもう間違いありません。手下の俺たちの分け前は端金《はしたがね》、手前はがっぽり。挙句《あげく》の果てに盗人稼業《かぎょう》に疲れたとか、飽《あ》きたとか、勝手な事を抜かして一味はこれ迄。冗談じゃありませんよ」

蓑吉は、憎しみを剝《む》き出しにした。

遠藤は、面白そうに頰を引き攣らせた。

「お頭の金を奪うか……」

「遠藤の旦那、五百両は固い筈ですぜ」

「五百両か……」

「へい……」

「よし、矢吹を倒せる手練、俺が心当たりを当たってみよう」

「お願いします」

蓑吉は遠藤に頭を下げた。


若い娘が駒形堂に手を合わせ、深々と頭を下げていた。

平八郎はそんな光景を横目に見ながら、駒形町に急いだ。

伊佐吉の家は、駒形町の隅田川沿いにあった。

祖父の代から三代続く岡っ引になる伊佐吉の家は、老舗《しにせ》といっていい鰻《うなぎ》屋だった。

平八郎は、『駒形鰻』と染め抜かれた暖簾を潜った。

「いらっしゃいませ」

小女《こおんな》の元気な声と、鰻を焼く甘い香りが平八郎を迎えた。

「矢吹平八郎と申すが、伊佐吉親分はいるか」

平八郎は、腹の虫が鳴くのを懸命に押さえて尋ねた。

「はい。女将さん、若旦那にお客さまですよ」

小女は奥に叫んだ。

ふくよかな身体の初老の女将が、奥から現れた。

「これはこれは、矢吹さまにございますか」

「ええ。矢吹平八郎です」

「倅《せがれ》の伊佐吉がお世話になりまして、母親のとよにございます」

母親のとよは長閑《のどか》に挨拶《あいさつ》をした。

「はあ。こちらこそお世話になっております」

奥から伊佐吉が出て来た。

「やあ、平八郎さん。どうぞあがってくんなさい」

「うん。邪魔をする」

平八郎はとよに挨拶をし、伊佐吉に続いて廊下を進んだ。

「どうぞごゆっくり……」

とよの声が長閑に響いた。


鰻の蒲焼は、平八郎の胃の腑を喜びに振るわせた。

「美味《うま》い……」

「そりゃあ良かった」

伊佐吉は、平八郎の素直さに微笑んだ。

鰻重は、平八郎が伊佐吉の部屋に落ち着くと同時に、元気な小女が持って来てくれた。

「ああ、美味かった……」

平八郎は、未練げに鰻重を食べ終えた。

「伊佐吉親分、駒形鰻の鰻重は江戸一番、いや、日本一だな」

「平八郎さん、そいつは云い過ぎだ」

伊佐吉は苦笑した。

「それより平八郎さん。例の奴らですがね、深川霊巌寺の門前町にいるそうですよ」

「深川霊巌寺の門前町……」

「ええ。門前町にある潰れた茶店にね。それで今、長次と亀吉が見張りと聞き込みをしていますよ」

「やはり盗人かな……」

「そいつはまだはっきり分かりませんが、きっと……」

「そうか……」

「ところで平八郎さん。川越の隠居が、金を渡しに行った母娘ですがね」

「回向院裏のおはまとおすみか……」

「そのおはまさんとおすみさん、隠居の事を何か知りませんかね」

「そうだな」

娘のおすみはともかく、母親のおはまは何か知っているかも知れない。

「よし。深川は通り道だ。ちょいと行ってみるか……」

「じゃあ、あっしもお供しますよ」

平八郎と伊佐吉は、一緒に『駒形鰻』を出て吾妻橋を渡った。

おはまとおすみの家には、薬湯の匂いが満ち溢れていた。

おすみとおはまは、訪れた平八郎に世話になった礼を述べた。

「それで矢吹さま……」

おはまは、枕の下から紙に包んだ九枚の小判を取り出した。

「これは、あの時のお医者と薬代の残りにございます」

おはまは、紙に包んだ小判の残りを差し出した。

「おはまさん、俺は渡すように頼まれただけだ。礼を云われたり、返して貰う筋合いじゃあない」

「じゃあ何方《どなた》が……」

「それなのだがおはまさん、川越の茶問屋の御隠居だという触れ込みなのだが、心当たりあるかな」

「川越の茶問屋の御隠居さまですか……」

「うん。御隠居は恩返しだと云っていたが」

「恩返し……」

「どうだ……」

「さあ……」

おはまとおすみに心当たりはなかった。

「おはまさん、御亭主、どうしたんだい」

伊佐吉が尋ねた。

「亭主ですか……」

「ああ。お前さんたちは知らなくても、御亭主は知っているかも知れない」

「亭主は去年の冬、酒に酔っ払って掘割に落ち……」

「亡くなったのかい」

「はい……」

深川の木場人足だったおはまの亭主は、仕事を終えて仲間と酒を飲んだ帰り、掘割に落ちて溺死した。

木場人足が泳げない筈はなく、亭主は泥酔しての溺死とされていた。

「そういえば……」

おすみが何かを思い出した。

「おすみちゃん、お父っつあんに何か聞いているのかい」

「関わりあるかどうか分かりませんが、お父っつあん、亡くなる一月《ひとつき》前、悪党に追われていた年寄りを匿《かくま》ってやったって云っていました」

「悪党に追われていた年寄り……」

平八郎は伊佐吉を窺った。

「そいつですね……」

伊佐吉が頷いた。

御隠居の仁左衛門は、悪党に追われていたところをおはまの亭主に匿って貰った。十両の金は、その時の恩義に報いるものなのだ。

「おすみちゃん、お父っつあんからその年寄りの名前や様子、聞かなかったかい」

「確かお父っつあん、吉五郎《きちごろう》さんとか云っていたと思います」

「吉五郎……」

「はい。お父っつあん、材木問屋の旦那の名前と同じだと笑っていたから、覚えていたんです」

「吉五郎か……」

「そいつが御隠居だとしたら、本当の名前かも知れませんね」

伊佐吉の眼が輝いていた。

去年の冬、悪党に追われていた吉五郎……。

平八郎と伊佐吉は、吉五郎が御隠居仁左衛門と同一人物だと睨んだ。

おはまとおすみは、それ以上の事を知らなかった。

平八郎と伊佐吉は、おはま母娘に礼を述べて長屋を出た。そして、回向院から深川霊厳寺に向かった。

深川霊厳寺は、芝増上寺《しばぞうじょうじ》の支配を受けている寺領《じりょう》五十石《こく》、寺地三万余坪を誇る浄土宗《じょうどしゅう》の寺だ。

平八郎と伊佐吉は、門前町の片隅にある茶店を窺った。

茶店は雨戸を閉め切っていた。

「親分……」

下っ引の亀吉が、路地奥からやって来た。

「どうだ……」

伊佐吉が路地に入り、平八郎も続いた。

「へい。茶店は二年前に潰れましてね。今は蓑吉って野郎が住んでいます」

「蓑吉……」

「前の持ち主の親類だとか……」

「他には……」

「へい。遊び人やら浪人やら、人相の悪いのが出たり入ったりしているそうです。さっきも遠藤って浪人が出て行きましてね。長次の兄貴が尾行て行きました」

「そうか……」

「どうする親分」

平八郎は、伊佐吉に出方を訊《き》いた。

「踏み込むのは簡単ですが、何が潜んでいるか分かりません。暫《しばら》く様子を見ましょう」

「心得た。じゃあ俺は、川越の隠居のもう一人の恩人って浪人に、吉五郎って年寄りを知らないか訊いてくる」

「分かりました」

平八郎は伊佐吉と別れ、谷中瑞光寺に向かった。

四

谷中瑞光寺の境内は、子供たちの楽しげな声が溢れていた。

平八郎は境内を抜け、裏手の家作に向かおうとした。

「私に御用かな……」

背後から男の声がした。

平八郎は振り返った。

篠崎清一郎が、出先から戻って来た風情《ふぜい》でいた。

「矢吹平八郎どのでしたな」

篠崎は、その眼に微かな笑みを過ぎらせた。

「如何にも……」

「ならば、こちらへ……」

篠崎は瑞光寺の境内を後にし、平八郎を川沿いの雑木林に案内した。

平八郎は続いた。

雑木林には木洩れ日が揺れ、小鳥の囀りが飛び交っていた。

「で、御用とは……」

「篠崎どの、吉五郎と申す男、ご存じですか」

「吉五郎……」

篠崎は眉を顰めた。

知っている……。

平八郎は、篠崎が吉五郎を知っていると睨んだ。

「ご存じですね」

平八郎は念を押した。

「吉五郎がどうかしたか……」

篠崎は頷いた。

「切り餅をお主に渡すように頼んだ川越の仁左衛門と申す隠居、どうやら本当の名は吉五郎というらしい」

篠崎の顔に、微かな動揺が過ぎった。

平八郎は見逃さなかった。

「そうでしたか……」

「それじゃあ、こいつを受け取って戴けますね」

平八郎は切り餅を差し出した。

「そうは参らぬ」

篠崎は苦笑し、受け取るのを拒否した。

「何故です」

「盗人の施《ほどこ》しは受けぬ」

「盗人……」

吉五郎はやはり盗人だった。

「左様……」

「だったら何故、盗人の命の恩人などになったのです」

「胃の腑の痛みに苦しんでいたのを見かねて、医者に運んでやっただけだ」

「いつの事です」

「もう一年前になる……」

「盗人だと分かったのは、その後ですか……」

「うむ。その後、吉五郎は私を不忍池の料亭に招いて、命の恩人だと礼を述べた。その時、現れた火盗改《かとうあらため》に追われて逃げた」

「それで盗人だと……」

「左様、東雲《しののめ》の吉五郎だとな……」

その時、隠居の仁左衛門こと東雲の吉五郎は、火盗改方の監視網に落ちていたのだ。

火付盗賊改方。俗に云う〝火盗改〟は、火付け犯や盗賊を専門に捕縛する組織である。

篠崎は、吉五郎の一味として火盗改に捕らえられた。だが、火盗改は篠崎の弁明を聞き届け、すぐに放免した。

「東雲の吉五郎か……」

「私はそれ以来、逢《あ》ってはおらぬ……」

「そうですか……」

平八郎は、篠崎の話を信じた。

「しかし、この金を受け取って戴かなければ、私の仕事は終わらぬ」

「それは、私に関わりない事、ではな」

篠崎は踵を返した。

「待て」

平八郎が追い掛けようとした。

刹那、篠崎から鋭い殺気が放たれた。

平八郎は咄嗟《とっさ》に身構えた。

同時に殺気は消え、篠崎は振り向きもせずに立ち去った。

平八郎は戸惑い、見送るしかなかった。

篠崎は何故、殺気を放ったのだ……。

平八郎は、少なからず混乱した。

風が吹き抜け、木々の梢《こずえ》を揺らした。


東雲の吉五郎……。

伊佐吉は、眼を丸くして驚いた。

「知っているのか……」

「名前だけはね。去年からぱったりと音沙汰がなくなりましたが、大勢の子分を率いて関八州《かんはっしゅう》を荒らし廻っていた盗人ですよ」

「そんな奴だったとはな……」

平八郎は、白髪眉の仁左衛門の顔を思い出した。

「ところでこっちの様子はどうだ」

平八郎は、雨戸を閉めた茶店を示した。

「先程、出掛けた遠藤って浪人が戻って来ましたよ」

「何処に行ったのだ」

「へい。不忍池に行き、池の畔《ほとり》の茶店で浪人と逢って戻って来ました」

長次が身を乗り出した。

「浪人仲間かな……」

「それが、こざっぱりとした浪人でしてね。薄汚い遠藤とは大違いですよ」

「仲間って感じ、余りしなかったか……」

「へい」

「逢って何をしていたのか、分かるか」

「何か頼んでいたようですが、詳《くわ》しくは分かりませんでした」

「こざっぱりした浪人、遠藤から金を受け取って帰ったそうですから、頼みは引き受けたんでしょう」

伊佐吉が、話を引き取った。

「それで、こざっぱりした浪人、どっちに帰ったんだ」

「谷中の方です」

谷中……。

平八郎は、篠崎清一郎を思い出した。

「平八郎さん、あっしはこれから南町奉行所に行って、東雲の吉五郎の詳しい事を調べてきますんで、長次と此処《ここ》をお願いします」

伊佐吉は亀吉を従え、見張り場所に借りた蕎麦屋《そばや》の二階を降りて行った。

平八郎と長次は、窓から戸の閉っている茶店を見張った。

「長次、こざっぱりした浪人、どんな人相だった」

「そうですねえ。背の高い痩せた浪人で、月代《さかやき》を伸ばして着流しでした……」

篠崎清一郎の人相風体に似ている……。

平八郎は長次の話を聞き、篠崎清一郎を思い出した。

もし、遠藤の逢った浪人が篠崎なら、金で何を頼まれたのだろうか……。

平八郎は思いを巡らせた。

「平八郎の旦那……」

窓から茶店を見張っていた長次が、平八郎を呼んだ。

「どうした……」

平八郎は窓辺に寄った。

茶店の裏手から蓑吉が出掛けて行った。

「よし。俺が尾行てみよう」

「大丈夫ですか」

長次は不安を浮かべた。

「任せておけ」
平八郎は長次の返事を待たず、蕎麦屋の階段を駆け下りた。
茶店を出た蓑吉は、小名木川沿いの道に出て隅田川に向かった。
平八郎は物陰伝いに追った。
小名木川には、行徳《ぎょうとく》船を始めとした船が行き交っていた。
蓑吉は、小名木川に架かる万年橋に差し掛かった。
平八郎は尾行を続けた。
手拭《てぬぐい》と笠で顔を隠した男が、万年橋の船着場からひょいと現れて蓑吉に突進した。
「危ない」
平八郎は咄嗟に叫んだ。
蓑吉が怪訝に振り向いた。
刹那、顔を隠した男が匕首を構え、蓑吉の口を押さえて激しく身体を寄せた。
蓑吉は驚愕《きょうがく》に眼を見張り、激痛に顔を大きく歪《ゆが》ませた。
平八郎は走った。

顔を隠した男が、匕首を引き抜いて船着場に繋《つな》いであった猪牙舟《ちょきぶね》に飛び降り、隅田川に向かって漕《こ》ぎ出した。

蓑吉は腹から血を振り撒き、膝から崩れ落ちた。

「蓑吉」

平八郎が駆け寄り、蓑吉の様子を診《み》た。

蓑吉は腹を深々と抉られ、眼を剝いて絶命していた。

見事な手際だった。

平八郎は身を翻し、蓑吉を殺した男の操る猪牙舟を追った。

若い女の悲鳴が、平八郎の背に甲高く響いた。


蓑吉を殺した男の猪牙舟は、隅田川の流れに乗って下った。

平八郎は岸辺の道を追った。

猪牙舟は仙台《せんだい》堀の入口を過ぎ、永代橋の船着場に船べりを寄せた。

蓑吉を殺した男は、猪牙舟から船着場に倒れ込むように降りた。そして、苦しげに胃の腑を抱え、笠と手拭をむしり取った。川越の御隠居仁左衛門こと東雲の吉五郎だった。

吉五郎は胃の腑を抱え、身を縮めて激痛に耐えた。胃の腑の痛みは、蓑吉を突き刺して猪牙舟を漕ぎ出した時から始まった。

痛みはいつも以上に激しく、吉五郎は額に脂汗《あぶらあせ》を滲ませて身体を丸めて必死に耐えた。

そろそろお仕舞いだ……。

吉五郎は、己《おのれ》の命の終わりを覚悟した。

「どうした……」

いきなり男の声がした。

吉五郎は咄嗟に身構えようとした。だが、胃の腑の激痛は、構えるのを許してくれなかった。

「具合が悪いのか……」

傍にしゃがみ込んだ男は、平八郎だった。

「矢吹さんですか……」

「うん……」

平八郎は、傍らにある笠と手拭を手に取って見た。

「何故、蓑吉を手に掛けたんだ」

「矢吹さん、もう気が付いていられるでしょうが、あっしは東雲の吉五郎って盗人でしてね。蓑吉たちは手下でした。ですが去年から胃の腑に質《たち》の悪い出来物が出来ましてね。お医者に不治の病、死病だと……」

吉五郎の胃の腑の痛みは、僅かずつ治まって来た。

「篠崎清一郎どのには、その発作で苦しんでいた時、助けられたんだな」

「ええ。篠崎さんにはお世話になったし、御迷惑も掛けました。で、金は受け取って貰えましたか」

「いいや、まだだ……」

平八郎は首を横に振った。

「そうですか……」

吉五郎は顔を歪めた。それは、激痛の中の苦笑いだった。

「……死病に取り付かれて、あっしは初めて盗人の自分が嫌になりました」

「足、洗ったのか……」

「はい。手下どもにそれなりの金を分けてやりましてね。ですが、蓑吉たちは金が少ないと言い出しましてね……」

「それで金を奪おうと、お前を付け狙い、襲って来たか……」

「そして、手傷を負った時、匿ってくれたのが、おはまの亭主、おすみの父親だった」

「ええ……」

「はい。木場に出入している大工の清八さんと一緒に……」

「で、十両の恩返しか……」

「あの世に金は持って行けませんし、三途《さんず》の川の渡し賃がありゃあいいですからね」

胃の腑の死病に罹《かか》った吉五郎は、死を覚悟して身辺整理を始めたのだ。

「じゃあ、残りの金は……」

「孤児の面倒を見ている尼寺《あまでら》や報謝宿《ほうしゃやど》なんかにね……」

吉五郎は、恵まれない者たちに金を分け与えていた。

「それなのに蓑吉の野郎、いつまでもしつこくてね。矢吹さんにも迷惑かけちまったんでしょうねえ」

「まあな。で、ひと思いに殺したか」

「生きていても、世の為人の為にはならない野郎です。ま、あっしも蓑吉の事を云えた義理じゃありませんがね」

吉五郎は苦笑を浮かべた。だが、すぐに眉を歪めた。

胃の腑の激痛が、再び吉五郎に襲い掛かってきたようだ。

吉五郎は胃の腑を抱え、身体を折り曲げて激痛に耐えていた。

「大丈夫か吉五郎、医者に行こう」

「矢吹さん、云ったようにあっしは不治の病。無駄なことです」

吉五郎は全身を縮め、微かに震えだした。

「矢吹さん……」

吉五郎は、激痛に震える手で財布を取り出した。

「最後に残った二十両です。こいつであっしの息の根を止めちゃあ戴けませんか」

「吉五郎……」

「お願いします」

「そんな事、出来る筈ないだろう」

「矢吹さん、あっしはがきの頃、親に棄てられましてね。庄屋に拾われて牛や馬のように扱《こ》き使われ、やっとの思いで逃げ出し、気が付いた時には立派な盗人。罪咎《つみとが》まみれのはぐれ者。その報いが胃の腑の死病。惨めに野垂《のた》れ死にするより、いっそひと思いに……。お願いです」

吉五郎は激痛に身体を捩《よじ》らせ、懸命に頭を下げた。涙が零れ落ちた。

死を迎えようとしている小さな年寄り……。

平八郎は憐れんだ。

「吉五郎……」

平八郎は哀しくなった。激痛に蹲《うずくま》ってすすり泣く小さな老人が、憐れで哀しくなった。

隅田川は日差しに煌めき、ゆったりと流れ続けていた。

深川霊巌寺の門前町は、静かな緊張に包まれていた。

蓑吉惨殺の報せを受けた伊佐吉は、すぐに深川に戻って茶店に踏み込んだ。だが、浪人の遠藤たちは、長次が蓑吉惨殺の手配に追われている間に姿を消していた。

伊佐吉は蓑吉殺しの探索を急ぐと共に、長次に遠藤の行方を追わせた。

行方が分からなくなったのは、平八郎も同じだった。蓑吉を尾行していた平八郎は、惨劇を目の当りにして下手人を追った筈だ。だが、平八郎からは何の報せもなかった。

陽が沈んだ。

神田川の流れは、川面に映る蒼白《あおじろ》い月を揺らしていた。

平八郎は昌平橋を渡り、神田川沿いの道を明神下のお地蔵長屋に向かっていた。

行く手の闇が揺れ、殺気が湧いた。

平八郎は足を止め、油断なく闇を透かし見た。

浪人の遠藤が、闇の中に浮かんだ。

「お主か……」

平八郎は僅かに身構えた。

「蓑吉を手に掛けたな……」

遠藤は身構え、刀の鯉口《こいぐち》を切った。

「蓑吉を手に掛けたのは、俺ではない……」

平八郎は遠藤を見据えた。

「だったら……」

遠藤は、平八郎の言葉の裏を読んだ。

平八郎は黙って頷いた。

「吉五郎は何処にいる」

遠藤は気付いた。

「さあな……」

平八郎は静かに身構えた。

次の瞬間、遠藤が抜き打ちに斬り付けた。

刹那、平八郎が踏み込み、刀を一閃させた。

光が交錯《こうさく》した。

「矢吹……」

遠藤は悔しげに顔を歪め、前のめりに倒れた。その胸から血が溢れて流れた。

平八郎は息を吐き、刀を納めた。

「神道無念流か……」

不意に男の声がした。

平八郎は微かに焦った。

殺気は無論、気配も感じていなかったからだ。

平八郎は闇を透かし見た。

篠崎清一郎が佇んでいた。

「篠崎さん……」

「吉五郎、蓑吉を殺して死んだようだな……」

篠崎は何もかも見通していた。

平八郎は頷いた。

「胃の腑の病に苦しんでね」

「死病か……」

「うむ……」

「憐れな奴だ……」

「吉五郎と蓑吉、それに遠藤が死に絶え、この騒ぎも終わった」

「いや。まだ終わってはおらぬ……」

篠崎は微笑んだ。

平八郎は、篠崎に怪訝な眼差しを向けた。

篠崎は静かに刀を抜いた。刀身《とうしん》が月明かりに蒼白く輝いた。

「篠崎さん……」

平八郎は素早く後退し、篠崎の見切りの内から抜けた。

「遠藤に前金五両、後金五両で雇われてな」

篠崎は、音もなく平八郎に近寄った。

平八郎は後退し、再び見切りを外した。

「篠崎さん、遠藤は死んだ。俺を斬ったところで後金は貰えませんよ」

「云われる迄もない……」

篠崎は微笑んだ。

刹那、篠崎は一気に間合いを詰めた。

逃げる間はない……。

咄嗟に平八郎は、見切りの内に踏み込んだ。

篠崎の刀は、平八郎の逆の動きに微かに戸惑った。平八郎は、その隙を突いて鋭く斬り付けた。

二人の刀が、閃光となって交錯した。

交錯した平八郎と篠崎は、素早く振り返って対峙した。

「前金五両分の一太刀、見事に躱したな……」

篠崎は苦く笑い、踵を返した。

平八郎は腹の底に詰めた息を吐き、全身の緊張を解いた。肩口が冷たい風を感じた。平八郎は肩を調べた。
着物の肩口が斬り裂かれていた。
篠崎の刀が戸惑わなければ、平八郎の肩は深々と斬り下げられていたかも知れない。
平八郎は背筋に寒気を覚えた。

五日が過ぎた。
蓑吉と遠藤は、盗賊の仲間割れの果ての殺し合いで死んだとされた。
平八郎は、吉五郎の残した金を孤児のいる尼寺に寄進した。
吉五郎は姿を消したままだった。
江戸湊《みなと》の沖に猪牙舟が漂っていた。
波に揺れる猪牙舟には、誰も乗っていなかった。

第三話　仇討ち異聞

一

湯島天神は菅原道真《すがわらのみちざね》を祭神とし、本郷《ほんごう》台地にあった。

広大な敷地には林や森があり、参拝客で賑わう境内には梅林や茶店があった。崖になっている東側には急な男坂とゆるやかな女坂があり、不忍池や東叡山《とうえいざん》寛永寺が眺望できた。

奇縁氷人石《きえんひょうじんせき》は、湯島天神本殿の手前左側にあった。四尺ほどの高さの石碑は、正面に『奇縁氷人石』、右側に『たつぬるかた』、左側に『をしふるかた』と彫られていた。

男と女の縁を求める人や迷子探し、様々な願い事を書いて『たつぬるかた』に貼る。そして、心当たりのある人が、『をしふるかた』に返事を貼る。つまり奇縁氷人石は、〝縁〟を仲立ちする〝氷人〟の役目をする石碑だった。

その日、日雇い仕事にあぶれた平八郎は、散歩がてらに湯島天神を訪れた。

平八郎は、大鳥居を潜って茶店や露店の並ぶ参道を抜け、本殿に手を合わせた。

そして、顔見知りの茶店に立ち寄り、甘酒を啜った。

本殿に手を合わせる参拝客が途切れた時、平八郎は奇縁氷人石の右側『たつぬるかた』に紙を貼っている武家の女に気が付いた。

三十歳前の武家女は、奇縁氷人石に紙を貼って手を合わせた。

次の瞬間、武家女は前のめりに奇縁氷人石に崩れ込んだ。参拝客の娘が、驚いて悲鳴をあげた。

平八郎は駆けより、武家女を抱き起こした。

「どうした、しっかりしろ」

武家女は、やつれた面持ちで気を失っていた。仰向けになった顎の端には、小さな黒子《ほくろ》があった。

医者だ……。

「お医者はおらぬか」

平八郎は、見守る参拝客に叫んだ。

「儂が診よう」

十徳《じっとく》を着た白髪頭の年寄りが、見守る参拝客の背後から出て来た。

「良かった」

平八郎は、武家女を抱きかかえて茶店に運んだ。

「親父、座敷を借りるぞ」

武家女は、茶店の奥座敷で老医者の手当てを受け、気を取り戻した。

老医者は、武家女が疲労と貧血で倒れたと診断した。

「……ま、せいぜい滋養のある物を食べ、ゆっくり身体を休めるのだな」

「はい。ありがとうございました」

武家女は、老医者に礼を述べた。

「いやいや、助けたのは私ではない。礼はこちらに云うんですな」

老医者は、平八郎を示して立ち去った。

武家女は坂上志乃《さかがみしの》と名乗り、平八郎に深々と頭を下げた。

「いいえ、質の悪い病でなくて良かったですね」

「はい。本当にいろいろお世話になりました。もう大丈夫です。私はこれで……」

「良かったら送りましょうか……」

「お心遣いありがとうございます。ですがこれ以上、御迷惑はお掛け出来ません」

志乃は重い足取りで女坂を下り、湯島天神から立ち去って行った。女坂を下りていく志乃の後ろ姿は、不安げに揺れていた。

平八郎は志乃を見送り、奇縁氷人石の『たつぬるかた』を覗いた。

貼られた紙の中に、志乃の書いたものがあった。

『元小田原《おだわら》藩藩士吉岡竜之助《よしおかたつのすけ》さまの居所、御存じの方、お教え下さい』

志乃の貼った紙には、そう書き記してあった。

「元小田原藩藩士吉岡竜之助……」

志乃は、吉岡竜之助という元小田原藩藩士を捜していた。

相模《さがみ》小田原藩大久保《おおくぼ》家は、十一万三千石の徳川家譜代《ふだい》の大名だ。

坂上志乃自身、小田原藩と関わりがあるのだろうか。

平八郎は思いを巡らせた。だが、すぐに気が付いた。

思いを巡らせたところで、自分には何の関わりもない……。

微風が吹き抜け、志乃の貼った紙が小さく揺れた。

口入屋『萬屋』の主万吉は、平八郎に荷揚人足の仕事を周旋した。

神田川沿い揚場町《あげばまち》の荷揚場には、江戸湊に千石船で着いた諸国からの荷が、縦横に張り巡らされた掘割で運ばれて来る。

平八郎たち人足は、荷船で運ばれて来た荷物を担ぎ降ろしていた。

昼飯時、平八郎は他の人足たちと炊き出しの飯と味噌汁を食べていた。

神田川は日差しに煌めき、様々な船が行き交っている。

「長閑《のどか》な眺めですな……」

隣りで飯を食べていた中年の人足が、眩《まぶ》しげに神田川を眺めたまま平八郎に話し掛けて来た。

「ええ……」

平八郎は微笑んだ。そして、中年の人足が、言葉遣いから武士だと気付いた。

「そこもとは……」

平八郎は、中年の人足の顔を見た。

手拭を被った中年の人足の顔は、浅黒く日に焼けているが端整な風貌をしていた。

「日雇い人足の……そうですな、虎吉《とらきち》です」

中年の人足は、苦笑しながら機先を制した。

日雇い人足の虎吉……。

明らかに偽名だ。おそらく〝虎〟の字のつく名前なのだろう。

「ならば私は平吉《へいきち》です……」

平八郎は微笑んだ。

互いに本名を名乗らず、日雇い人足をしている浪人……。

〝平吉〟と中年人足の〝虎吉〟は、神田川の流れを眺めながら昼飯を食い終えた。

そして、午後は一緒に荷降ろし作業をした。

中年人足の虎吉は、荷降ろし作業に余り慣れてはいなく、根っからの浪人とは思えなかった。だが、平八郎は勿論、虎吉と名乗る中年の人足も、互いの事を訊かず語らず黙々と仕事をした。申《さる》の刻七つ半過ぎ、仕事仕舞いの時が訪れた。

「平吉さん……」

虎吉が近寄って来た。

「今日はお世話になった」

虎吉は日焼けした顔をほころばせ、平八郎に頭を下げた。

「いえ。こちらこそ……」

平八郎は微笑んだ。

「お蔭で久し振りに楽しく仕事が出来申した」

「そりゃあ良かった」

「何処かで一献《いっこん》酌み交わしたいと思うが、ま、止めておきましょう」

「そうですね。きっと又、何処かでお逢い出来ると思いますが。尤も次は本来の姿でお逢いしたいものです」

「如何にも……」

平八郎と虎吉は、屈託なく笑った。

「虎吉さん、私は神田明神下の萬屋という口入屋の世話になっていますが、虎吉さんは」

「私は神楽坂《かぐらざか》の亀《かめ》屋です」

「そうですか……」

平八郎と虎吉は、生涯もう二度と逢う事はないかも知れない。

平八郎自身、十日以上も虎吉の顔を覚えている自信はない。

一期《いちご》一会《いちえ》だ……。

平八郎と中年の人足は、〝平吉〟と〝虎吉〟のままで別れた。

揚場町から神田川の流れに沿って下り、小石川《こいしかわ》御門、水道橋《すいどうばし》を過ぎると湯島の聖堂、明神下の往来に出る。

平八郎は、坂上志乃が奇縁氷人石に貼り出した尋ね人を思い出した。

湯島天神に行くには、幕府の学問所である湯島の聖堂の横手を進めば良い。

平八郎は昌平坂をあがった。

夕暮れ時の湯島天神は、薄明かりに包まれて黒い影になっていた。

平八郎は参拝客の少ない境内を進み、奇縁氷人石の『をしふるかた』を覗いた。

貼られている紙に、志乃に対する答えは見当たらなかった。

既に捜す相手が分かり、尋ね人や返事の紙は剝がされたのかもしれない。

平八郎は、『たつぬるかた』を覗いた。志乃の尋ね人の紙は、新しく貼られた物の下にあった。

志乃の捜している相手は、まだ何処にいるのか分からないのだ。

下駄の音が石畳に甲高く鳴り、小走りに近付いて来た。

平八郎は、奇縁氷人石の傍を素早く離れた。

小走りに来た女が、息を弾ませて奇縁氷人石の『をしふるかた』を覗いた。

坂上志乃だった。

志乃は肩を落とし、悄然《しょうぜん》と踵を返した。

下駄の歯が、石畳に小さく鳴った。

志乃は、境内東にある女坂を下りていく。

平八郎は思わず追った。


湯島天神女坂を下りた志乃は、切通《きりとおし》町を抜けて不忍池傍の茅《かや》町に入った。

平八郎は、暗がり伝いに尾行した。

何故、尾行するのだ……。

平八郎は自問した。

おそらく志乃は、毎日夕方には奇縁氷人石を見に来ているのだ。そして、夕暮れの町を肩を落として帰っている。

志乃は必死なのだ……。

それが、平八郎に志乃を追わせた原因なのかも知れない。

志乃は不忍池沿いに進み、池の傍にある茶店の裏手に入った。

平八郎は路地の入口で見送った。

志乃は、茶店の裏庭にある納屋《なや》に入った。納屋は人が暮らせるように改造されていた。

暗かった納屋に明かりが灯った。

一人で暮らしている……。

平八郎は路地を離れ、神田明神門前町にある居酒屋『花や』に向かった。


居酒屋『花や』は客で賑わっていた。

平八郎は片隅に座り、酒を飲みながら晩飯を済ませた。

「それで、吉岡竜之助って元小田原藩藩士の居所、まだ分からないの」

『花や』の娘で女将のおりんが、平八郎に新しい銚子を持って来た。

「ああ、きっとな……」

平八郎は頷き、おりんの酌を受けた。

「江戸は広くて人が大勢いるから、そう簡単にはねえ……」

おりんは眉を顰めた。

「邪魔するぜ」

常連客の大工が、威勢良く入って来た。

「いらっしゃい」

おりんが迎え、平八郎の傍を離れた。

大工は、既に酒を飲んでいた左官職人の隣りに座った。

「遅かったな」

「切通しで、お武家の女に声を掛けられてな」

「お武家の女……」

「ああ。遊ばねえかってな。それで幾らだって訊いたら、ちょんの間で一朱だと抜かしやがった」

「ちょんの間で一朱だと……」

「ああ、一朱もありゃあ泊まりでお大尽《だいじん》遊びだ。冗談じゃあねえや」

大工は酒を呷った。

「でも、ちょんの間一朱の武家女。さぞやいい女なんだろうな」

「そりゃあまあ……顎の先に黒子があってな」

顎の先に黒子……。

平八郎の脳裏に、志乃の顔が過った。

そして、気を失った志乃の顎の端にあった黒子を思い出した。

「おい。その武家の女、切通しの何処にいた」

平八郎は大工に訊いた。

「へ、へい。切通しの根生院《こんしょういん》の前で……」

平八郎は座を蹴立てた。

「どうしたの、平八郎さん」

平八郎は、おりんの声を背にして『花や』を飛び出した。


『根生院』は、湯島天神裏の切通しにある。

平八郎は、明神下の通りを走った。そして、突き当たりを左に曲がり、切通しに駆け込んだ。

切通しは月明かりに白く輝き、根生院の門前に人影は見えなかった。

平八郎は切通しを透かし見ながら、根生院に近付いた。だが、身を売る武家女の姿はなかった。

客が付いたのかも知れない……。

元小田原藩藩士吉岡竜之助を懸命に捜している坂上志乃と、夜の町で身を売る武家の女。

二人は同一人物なのか……。

もし、身を売る武家の女が志乃なら、何故身を売るのだ。

暮らしに掛かる金の為か、それとも他に理由があるのか……。

平八郎は、微かな苛立ちを覚えた。


口入屋『萬屋』の万吉は、平八郎に呆れた眼差しを向けた。

時は巳《み》の刻四つを過ぎ、日雇い仕事の周旋は既に終わっていた。

「昨夜、飲み過ぎたんですか……」

万吉の言葉には、小さな棘《とげ》が含まれていた。

「まあな……」

平八郎は受け流した。

前夜、平八郎は根生院の門前に佇み、身を売る武家女が戻るのを待った。だが、一刻が過ぎても武家女は戻って来なかった。平八郎はその後、不忍池の傍の茶店に走った。そして、茶店の裏庭の納屋を窺った。納屋の明かりは消えていた。

志乃は眠っているのか、それとも出掛けているのか……。

平八郎は路地に佇み、暗い納屋を見詰めて小半刻ほどを過ごしたのだ。

「誰が何処で見ているのか分からないんです。毎日を真面目に暮らさなきゃあいけませんよ」

何処かの大名が、真面目な暮らしぶりの平八郎を見初《みそ》め、仕官の道が開けるかもしれない。

それが、万吉の意見だった。

「分かっている……」

平八郎は素直に頷いた。

「ま、どうぞ……」

万吉は出涸らしの茶を出した。

「かたじけない……」

平八郎は、万吉の差し出してくれた茶を飲んだ。

「で。今頃、何の用ですか……」

万吉は、出涸らしの茶を美味そうに啜り、平八郎に警戒の眼差しを向けた。

「すまんが、金を貸して貰えぬかな」

平八郎は微笑んだ。

万吉は苦笑した。それは、悪い予感が当たった時の苦い笑いだった。

「この通りだ」

平八郎は、明るい笑顔で手を合わせた。

「幾ら入用なんですか……」

万吉は、平八郎の笑顔につられた。

「二分、いや一両」

平八郎は深々と頭を下げた。


湯島天神の境内は、相変わらず参拝客で賑わっていた。

平八郎は奇縁氷人石を覗いた。坂上志乃への答えはなかった。

平八郎は、境内の茶店で甘酒を飲みながら日が暮れるのを待った。

奇縁氷人石の前には、様々な人が立ち止まり、左右に紙を貼ったり覗いたりしていた。

様々な人が、様々な縁を求めている……。

平八郎はそう思った。

参拝客の影が長く伸び始め、夕暮れ時が訪れた。

境内を出る参拝客の流れを縫うように、志乃が足早にやって来た。

平八郎は茶店の親父に金を払い、志乃を見守った。

志乃は小さく乱れた息を整え、奇縁氷人石を覗いた。そして、返事がないのを知り、悄然と肩を落とした。

今だ……。

平八郎は進み出た。

「やあ……」

志乃は驚いたように振り向き、小さな声をあげた。

「その節はお世話になり、ありがとうございました」

志乃は、平八郎を覚えていた。

二

不忍池からの風は、障子を開け放った座敷を静かに吹き抜けていた。

志乃の頬は、僅かな酒にすぐに染まった。

平八郎は、湯島天神で出逢った志乃を夕食に誘った。

志乃は誘いを受け、平八郎と共に不忍池の畔の料亭を訪れた。

「人でも捜しているのですか……」

平八郎は手酌で酒を飲み、志乃に尋ねた。

「えっ……」

志乃は、怪訝な眼差しを平八郎に向けた。

「奇縁氷人石を覗き込んでいたから……」

平八郎は微笑んだ。

「そうでしたか……」

志乃は、平八郎の猪口に酒を満たし、居住まいを正した。

「矢吹さま。ご推察《すいさつ》の通り、私は人を捜しております」

「どのような人ですか……」

平八郎は、志乃の猪口に酒を満たした。

「夫の仇《かたき》です」

志乃は、猪口に満たされた酒を飲み干した。

「夫の仇……」

平八郎は思わず聞き返した。

「はい。夫の坂上真一郎《しんいちろう》を斬り棄て、藩を逐電《ちくでん》した男を捜しております」

坂上志乃は、夫の坂上真一郎を斬った男を捜し出し、仇討《あだう》ちをしようとしているのだ。

「仇の名は何というのですか」

「元小田原藩藩士吉岡竜之助……」

「元小田原藩と申されると、坂上殿も……」

「はい。夫の坂上真一郎も小田原藩大久保家の家臣にございました」

志乃の夫坂上真一郎は、小田原藩勘定方《かんじょうがた》の藩士だった。そして、上役だった勘定方組頭の吉岡竜之助の嫌がらせを受け続けた。吉岡が、坂上真一郎にどうして嫌がらせをし続けたのかは分からない。だが、吉岡の坂上への嫌がらせは募《つの》り、露骨な苛《いじ》めになった。

坂上真一郎は耐え切れず、吉岡に斬り掛かった。吉岡竜之助は、坂上を斬り棄てて藩を逐電した。

夫・坂上真一郎の仇・吉岡竜之助……。

弟や子供のいない志乃は、年老いた下男を供にして吉岡を追った。

それから三年、老下男は病を患《わずら》って小田原に帰り、志乃は一人で吉岡を捜し続けた。

吉岡が江戸にいる……。

去年の秋、志乃は吉岡の噂を聞き、江戸に出て来た。

志乃は、猪口の冷えた酒を飲み干した。細い顎の端に小さな黒子が見えた。

平八郎は、居酒屋『花や』の常連客の大工の言葉を思い出した。

「それで、奇縁氷人石に尋ね人の紙を貼り出しましたか……」

「はい。ですが、まだ返事は何も……。元小田原藩藩士吉岡竜之助、矢吹さまはご存じありませんか……」

「知らぬが、私も心に留めておこう……」

「よろしくお願いします」

志乃は、平八郎に縋る眼差しを向けた。その眼には、酔いと艶が含まれていた。

平八郎の脳裏に、切通しに佇む志乃の姿が浮かんだ。

夫の仇を討とうとしている志乃が、暗い根生院の門前に佇んで客を引いている。

あり得る事ではない……。

大工の見間違いか、良く似た他人なのだ。

平八郎は、脳裏に浮かんだ志乃の姿を消し去った。

「それでは矢吹さま、私はそろそろ……」

志乃は猪口を伏せた。

「そうですか。いや、急に付き合わせて申し訳ありませんでした」

「いいえ。御馳走さまにございました」

「送りましょうか……」

「いいえ、借りている家はこの不忍池の近く。それには及びません」

「そうですか……」

「では、御免下さい」

志乃は平八郎に頭を下げ、座敷を後にして行った。

「お気をつけて……」

平八郎は志乃を見送り、仲居《なかい》を呼んで勘定を済ませた。勘定は一分、万吉に借りた一両の四分の一が消えた。

平八郎は料亭を出た。

不忍池から吹き抜ける風が、妙に冷たく感じられた。

口入屋『萬屋』の万吉が、平八郎に周旋した日雇い仕事は岡っ引・駒形の伊佐吉の手伝いだった。

「伊佐吉親分の手伝い……」

「ええ。名指しですよ」

「手伝いって何をするんだ」

「さあ。ですが、お手当てはいいですよ」

「幾らだ」

一日一朱、それが日雇い仕事の日当だった。

平八郎は仕事を引き受け、駒形の『駒形鰻』を訪れた。

「御免、邪魔をする」

「いらっしゃいませ」

暖簾を潜った平八郎を、小女の元気な声と蒲焼の甘いたれの匂いが迎えた。

「あっ、お侍さま」

元気な小女は、平八郎を覚えていた。

「女将さん、若旦那のお知り合いのお侍さまがおみえですよ」

小女は奥に大声で叫び、平八郎を振り返って明るい笑みを見せた。

平八郎は、小女に釣られて思わず笑った。

「これは矢吹さま、おいでなさいませ」

女将のとよが、ふくよかな身体を奥から運んできた。

「やあ、伊佐吉親分はいますか……」

「それが、伊佐吉はちょいと。おかよ、矢吹さまにお茶と鰻重をね」

「はい」

おかよと呼ばれた元気の良い小女は、奥の板場に入って行った。

鰻屋『駒形鰻』は、駒形の伊佐吉の実家であり、三代続いた岡っ引の家でもあった。

『駒形鰻』の鰻重は美味かった。

平八郎が鰻重を食べ終えた時、とよが茶を淹れ替えてくれた。

「美味かったです」

「そりゃあようございました」

とよは微笑んだ。

「それで、亀吉っつあんがお迎えに来ていますよ」

亀吉は、伊佐吉の下っ引の一人だった。

とよは、平八郎が鰻重を食べている間に、伊佐吉の処に人を走らせたのだ。そして、伊佐吉は亀吉を迎えに寄越した。

平八郎はとよに鰻重の礼を述べ、おかよの元気な声に送られて亀吉と一緒に『駒形鰻』を出た。

亀吉は平八郎を案内し、隅田川に架かる吾妻橋を渡り始めた。

「それで亀吉、俺の仕事は何だ」

「へい。強請《ゆす》りたかりの浪人どもがおりましてね。そいつらをお縄にする助っ人をお願いしてえと……」

三日前、伊佐吉と長次や亀吉たち下っ引は、強請りたかりを働く無頼《ぶらい》浪人の棲《す》家《み》を突き止め、お縄にする機会を窺っているのだ。だが、相手は凶暴な無頼浪人どもだ。

伊佐吉は、平八郎を一日一朱と鰻重で助っ人に雇うことにした。

給金の一部である鰻重を食べてしまったからには、もう断る訳にはいかない。

平八郎は食べ物に弱い己を恥じ、伊佐吉に雇われる決心を固めた。

「浪人、何人だ」

「四人……」

「四人か……」

相手が大人しくお縄になればいいが、抗《あらが》えば命を懸けた斬り合いになる。

その給金が一朱か……。

人足仕事の給金から見れば割りが良いが、命懸けの仕事となると一朱は安い。

「旦那、こちらです」

吾妻橋を渡った亀吉は、本所横川に架かる業平《なりひら》橋に向かった。

平八郎は続いた。

業平橋に出た亀吉は、横川沿いに南に進んで法恩寺《ほうおんじ》橋に出た。そして、平八郎を法恩寺橋の橋詰にある笊屋《ざるや》の二階に案内した。

笊屋の二階の部屋には、伊佐吉が窓辺に詰めていた。

「親分、旦那をお連れしやした」

「平八郎さん、わざわざすみませんね」

伊佐吉は茶を淹れ、平八郎を迎えた。

駒形の鰻屋『駒形鰻』は、初代が屋台の鰻屋を始めて十手《じって》持ちになり、二代目が駒形に店を開いた。そして、三代目が伊佐吉だった。祖父の預かった十手は、息子と孫に伝えられ、伊佐吉は三代続いた岡っ引だった。

「やあ、親分……」

平八郎は、伊佐吉の隣りに座り、僅かに開けられた窓の障子の隙間から外を覗き見た。

法恩寺の大屋根が、横川を挟んだ向かい側に見えた。法恩寺は、太田道灌《おおたどうかん》が開いたとされる日蓮宗《にちれんしゅう》の古寺だった。

法恩寺の手前、南本所出村町の一角の路地に下っ引の長次の姿が見えた。下っ引の長次は、路地の横にある仕舞屋《しもたや》を見張っていた。

「強請りたかりの浪人どもは、あの家に屯《たむろ》しているのか」

「ええ。空き家に勝手に住み着きましてね。一人一人は大した腕ではないにしても、四人束になられると面倒でしてね」

「それで一日一朱か……」

「おまけに饅重です」

平八郎は苦笑した。

「それでどうする親分。踏み込むのか……」

「一度に四人は面倒ですから、出掛ける奴をその行き先で……」

伊佐吉は、薄笑いを浮かべた。

「上策だな」

平八郎は笑った。

「じゃあその手筈で。亀吉、長次に報せろ」

「へい」

亀吉は階段を駆け下りて行った。

「じゃあ平八郎さん、奴らが動くまで一眠りしていて下さい」

「俺より親分、朝から見張っているお前の方が草臥《くたび》れただろう。俺が見張っているから一休みするんだな」

平八郎は窓辺に近寄り、外を覗いた。

「ありがてえ、助かります……」

伊佐吉は壁に寄り掛かり、その眼を閉じた。

小半刻が過ぎた。

仕舞屋の傍の路地にいた長次が、素早く物陰に隠れた。

「親分……」

平八郎は声を潜めた。

眠っていた伊佐吉と亀吉が、平八郎の隣りに来た。

「長次が動いた。誰か出て来るぞ」

「はい……」

平八郎、伊佐吉、亀吉は、息を詰めて仕舞屋から出て来る者を待った。

物陰に隠れている長次が、平八郎たちのいる窓を見て頷いた。

仕舞屋の格子戸が開き、二人の浪人が出て来た。

「先に出てきたのが大野《おおの》三十郎《さんじゅうろう》、二人目が武田《たけだ》陣内《じんない》……」

大野と武田は、仕舞屋の格子戸を閉めて法恩寺橋に向かった。

長次が素早く追った。

「亀吉、お前は見張りを続けていな」

伊佐吉が命じた。

「合点《がってん》です」

亀吉が窓辺に寄った。

「じゃあ平八郎さん」

「うん」

伊佐吉と平八郎は階段を降りた。

無頼浪人の大野と武田は、法恩寺橋を渡って横川沿いに南に進んでいった。

伊佐吉と長次は二人の前後を追い、平八郎は最後に進んだ。

竪川に出た大野と武田は、右手に曲がって隅田川に向かった。

伊佐吉と長次、そして平八郎は慎重に尾行した。

大野と武田は、竪川に沿った道を三つ目橋、二つ目橋、一つ目橋と進み、両国橋の東詰・元町に入った。

〝向こう両国〟と呼ばれる一帯は、見世物小屋や露店を楽しむ人々で賑わっていた。

大野と武田は、呉服屋『徳屋《とくや》』の日除け暖簾を潜った。

平八郎は、先を行く伊佐吉や長次と合流した。

「奴ら、呉服屋で買物か……」

平八郎は、伊佐吉に怪訝に尋《たず》ねた。

「何云ってんです。強請りたかりですよ」

伊佐吉は苦笑した。

「強請りたかりだと……」

平八郎は暖簾の陰に潜み、呉服屋の店内を覗き見た。

着物や反物《たんもの》が飾られた店内は、女客たちで賑わっていた。

大野と武田は、帳場の端に腰掛けて出された茶を啜っていた。そして、反物を見ながら女客に卑猥《ひわい》な声を掛け、下品に高笑いしていた。女客たちは恐ろしげに顔を強張《こわば》らせ、次々と店を後にした。

大野と武田は商売の邪魔をし、強請りたかりを働こうとしているのだ。

呉服屋の番頭や手代たちは、大野と武田に穏便《おんびん》に引き取ってくれるように懸命に頼んでいた。だが、二人は番頭たちの頼みをきかず、女客をからかいながら買う気のない反物の値踏みをしていた。

「成る程、たかりか……」

平八郎は、無頼浪人たちの強請りたかりの手口を知った。

「まったく汚ねえ真似《まね》をしやがって」

伊佐吉は吐き捨てた。

「どうする親分」

「ここで叩きのめせば、店に恨みが残ります。金を手にして出て来たところで因《いん》縁《ねん》をつけてやりますよ」

伊佐吉は、己の実家も商売をしているだけあり、呉服屋に気を使った。

「よし。その時、思い知らせてくれる」

平八郎と伊佐吉は、二人の出て来るのを待った。

「親分、旦那……」

代わって覗いていた長次が、伊佐吉と平八郎を呼んだ。

伊佐吉と平八郎は、日除け暖簾の陰から店内を窺った。

店内では、大野と武田が中年浪人と対峙していた。中年の浪人は、番頭たち奉公人を背に庇《かば》っていた。

「何だ、お主は……」

大野と武田が、中年浪人に迫った。中年浪人は笑いを含んだ声で答えた。

「店の者だ。用があるなら表で訊こう」

「店の者だと……」

呉服屋『徳屋』は、無頼浪人の強請りたかりに備え、用心棒を雇っていたのだ。

「左様。さあ、一緒に来て戴こう」

中年浪人は、大野と武田に静かに迫った。

聞き覚えのある声だった。

「虎吉……」

平八郎は気が付いた。

用心棒の中年浪人は、平八郎と一緒に荷揚人足として働いた〝虎吉〟だった。

「知り合いですか」

「ああ……」

平八郎は頷いた。

虎吉は、大野と武田を連れて竪川の船着場に向かった。

平八郎は、伊佐吉や長次と追った。

虎吉は、船着場で大野や武田と対峙した。

「こいつで最後だ」

虎吉は、二分金を大野と武田の前に放り投げた。

「浪人といえども武士、強請りたかりは恥と心得られい」

「黙れ」

大野と武田は、満面に怒りと憎悪《ぞうお》を浮かべて身構えた。

虎吉は嘲笑を浮かべた。

刹那、大野が鋭く斬り掛かっていった。

虎吉は腰を捻り、刀を抜き払った。

大野の刀が弾かれた。

武田が雄叫びをあげ、猛然と虎吉に斬り付けた。

虎吉は、大野と武田を相手に斬り結んだ。

大野が、虎吉の背後に廻った。

「おのれ……」

平八郎は飛び出した。そして、背後から斬り掛かろうとした大野を蹴り飛ばした。

大野は土埃《つちぼこり》をあげて倒れた。平八郎は大野に飛び掛かり、激しく殴り飛ばした。

虎吉は、平八郎を一瞥して武田と斬り合っていた。

大野は平八郎に撲られてぐったりした。長次が駆け寄り、大野に手早く縄を打った。

武田は焦った。

次の瞬間、虎吉が武田の刀を握る腕を斬った。武田は刀を落とし、血の流れる腕を押さえて蹲《うずくま》った。

伊佐吉が駆け寄り、武田を縛り上げた。

虎吉は、刀に拭いを掛けて鞘に納めた。

「やあ、虎吉さん……」

平八郎は声を掛けた。

「平吉さんでしたな……」

虎吉は微笑んだ。

「平吉は、荷揚人足をする時の名前でしてね。今は浪人矢吹平八郎です」

「私は吉岡虎之助《とらのすけ》……」

中年の用心棒は、名を名乗った。

平八郎は、軽い衝撃に突き上げられた。

吉岡虎之助……。

坂上志乃の夫・坂上真一郎を斬り、小田原藩を逐電した吉岡竜之助と一字違いなのだ。

志乃が探している仇かも知れない……。

平八郎は、思わぬ成り行きに微かに狼狽した。

「どうかしましたかな……」

吉岡虎之助は、怪訝な眼差しを平八郎に向けた。

「いえ……」

平八郎は、狼狽を隠した。

「平八郎さん……」

　伊佐吉がやって来た。

「お蔭で野郎どもをお縄に出来ましたぜ」

「伊佐吉親分、礼ならこちらの吉岡どのに云うのだな」

「はい。吉岡さま、あっしは岡っ引の駒形の伊佐吉と申します。おかげさまで大野三十郎と武田陣内をお縄に出来ました。ありがとうございます」

　伊佐吉は吉岡に頭を下げた。

「いやいや、私は徳屋に雇われ、用心棒の勤めを果たした迄、こっちこそ助かった。礼には及ばぬ」

　吉岡は屈託なく笑った。

「そう仰っていただければ。それから吉岡さま、奴らには後二人仲間がおりますので、くれぐれもお気をつけて……」

「そうか、心得た」

　吉岡は伊佐吉に礼を云った。

「平八郎さん。あっしと長次は、大野と武田を茅場《かやば》町の大番屋《おおばんや》にぶち込んできます」

「よし。じゃあ俺は、法恩橋に戻って亀吉とあの仕舞屋を見張る」

「お願いします。じゃあ……」

伊佐吉と長次は屋根船を雇い、縛りあげた大野と武田を乗せて隅田川を茅場町に向かって行った。

「じゃあ矢吹どの、私は徳屋に戻る」

「私も……。お互い給金分は働かなくちゃあなりませんからね」

「まったくだ……」

平八郎と吉岡は、声を揃えて笑った。


吉岡虎之助……。

坂上志乃の夫・坂上真一郎を斬った仇と一字違いの名前だ。そして、吉岡虎之助が、元小田原藩藩士だとは限らない。

平八郎は、吉岡に元小田原藩藩士かどうかを訊かなかった。

訊く以前に、吉岡が志乃の夫を嫌い、苛めた挙句に斬り棄てたとは思えなかったのだ。

志乃に報せるべきなのか……。

平八郎の狼狽は、いつしか迷いに変わっていた。

笊屋の二階に戻った平八郎は、亀吉と一緒に仕舞屋の見張りについた。

「旦那、どうなりました」

亀吉は身を乗り出し、平八郎を迎えた。

平八郎は、大野と武田を捕らえた事を伝えた。

「そいつは良かった」

亀吉は喜んだ。

「で、こっちはどうだ……」

仕舞屋に残った二人の浪人は、出掛ける様子を見せていなかった。

三

残った二人の無頼浪人に動きはなく、時は過ぎて行った。

「何をしてんでしょうかね」

亀吉は苛立ちを見せた。

「なあに、大野と武田が帰って来ないと分かると、嫌でも動くさ」

「そうですかねえ……」

「ああ。ま、それまでのんびりするんだな」

平八郎は茶を淹れ、用意してあった握り飯を頰張った。


一刻《いっとき》が過ぎた。

太陽は西に傾き、隅田川に沈み始めた。

仕舞屋は夕陽を受け、静けさに包まれている。

仕舞屋の路地に長次が現れ、伊佐吉が二階に姿を見せた。

「こりゃあ親分……」

亀吉が座り直した。

「変わった事はねえようだな」

「へい」

夕陽に染まった仕舞屋の格子戸が開き、浪人が顔を出して辺りを見廻した。

「柳沢《やなぎさわ》の野郎、大野と武田が帰って来ないのが、変だと思い始めやがったな」

伊佐吉はそう読んだ。

「ああ、そろそろ動くぞ」

平八郎が立ち上がり、手足を伸ばし始めた。

その時、柳沢と呼ばれた浪人と中村伝八《なかむらでんぱち》が、仕舞屋から出て来た。

「いよいよ柳沢仙十郎《せんじゅうろう》と中村伝八のお出ましだぜ」

「残る二人だな」

柳沢と中村は、大野たちと同様に横川沿いの道を竪川に進んだ。

長次が、物陰伝いに尾行を開始した。

「さあ、行くぜ」

伊佐吉が亀吉を従え、笊屋の階段を下りた。

平八郎は続いた。


竪川の流れは、月明かりに白く輝いていた。

柳沢と中村は、竪川沿いを足早に西に向かっていた。

二人は、大野たちが呉服屋『徳屋』にたかりに赴《おもむ》いたのを知っているのだ。

伊佐吉、長次、亀吉、平八郎は、二人の前後左右に貼り付いて慎重に尾行した。

「どうする親分、野郎どもをこのまま徳屋に行かせるのか」

「いいえ。そろそろ因縁を付けて暴れさせ、お縄にしてやりますよ」

「よし。因縁を付けるのは俺が引き受けた」

平八郎は、竪川沿いの道に並ぶ路地に走り込んだ。

伊佐吉たちは、柳沢と中村を追い続けた。

柳沢と中村は、竪川に架かる三つ目橋の傍を抜け、先を急いだ。

行く手に二つ目橋が見えた。

柳沢と中村が、二つ目橋に差し掛かった時、横手の路地から先廻りをした平八郎が現れた。

平八郎は立ち止まり、やって来た柳沢と中村に嘲笑を浴びせた。

柳沢と中村が眉を怒らせた。

平八郎は、嘲笑を浮かべたまま二つ目橋を渡ろうとした。

「待て」

柳沢が平八郎を呼び止めた。

平八郎は振り向いた。

「俺に用か」

「何故、笑った」

柳沢が怒鳴った。

「強請りたかりの物乞い浪人。そう顔に書いてあるので、笑った迄だ」

「なんだと」

中村が血相《けっそう》を変え、刀の柄《つか》を握った。

「町方《まちかた》の者に因縁をつけ、嫌がらせをして僅かな金を巻き上げる。そいつを強請りたかりの物乞い浪人と呼んで何が悪い」

平八郎の挑発は続いた。

「黙れ」

中村が挑発に乗り、抜き打ちに斬り付けてきた。

平八郎は飛び退き、身構えた。

「やるか……」

「おのれ……」

中村と柳沢が、平八郎に向かって刀を構えた。腰を落とし、下から飛び掛かるような構えだった。伊佐吉の云った通り、一人一人は大した腕ではないが、凶暴な獣《けもの》のような油断のならない気配を感じさせた。

平八郎は居合いに構え、中村と柳沢の出方を油断なく窺った。

伊佐吉たちが、柳沢と中村の背後に忍び寄った。

刹那、柳沢が振り向きざまに長次に斬り掛かった。

「危ねえ」

伊佐吉が、長次に体当たりをして庇った。

血が飛んだ。

伊佐吉が、斬られた肩口を押さえて転がった。柳沢が追い縋り、刀を上段に構えた。

「親分……」

長次と亀吉が、悲鳴のように叫んだ。

平八郎は猛然と踏み込み、柳沢に抜き打ちの一撃を閃かせた。

柳沢の刀を握り締めた腕が、夜空に舞い上がった。

鮮やかな一撃だった。

片腕を斬り飛ばされた柳沢は茫然とし、やがて絶叫をあげてのたうち廻った。

「親分……」

亀吉が、伊佐吉を連れて物陰に逃れた。

「柳沢……」

中村は怯んだ。

平八郎は一気に間合を詰めた。

中村は後退《あとずさ》りした。

長次が、舟棹《ふなざお》で後退りする中村の背中を激しく突いた。中村は驚き、前のめりに平八郎に向かった。

平八郎の刀が一閃された。中村の刀が弾き飛ばされ、竪川の水面を煌めかせた。

平八郎は、中村の首に刀の切っ先を素早く突き付けた。

「た、頼む。殺さないでくれ……」

「長次、亀吉……」

「へい」

返事をした長次と亀吉が、中村を引きずり倒して縄を掛けた。

片腕を斬り飛ばされた柳沢仙十郎は、気を失っていた。

平八郎は、伊佐吉に駆け寄った。

「大丈夫か、親分……」

「面目《めんぼく》ねえ。掠《かす》り傷ですぜ」

伊佐吉は苦く笑った。

「よし……」

「それにしても平八郎さん、見事なもんだ。助かりましたよ」

「これで、一日一朱の給金と鰻重なら安いもんだろう」

「まったくだ」

伊佐吉は笑って認めた。だが、給金を上げるとは云わなかった。

本所横川法恩寺傍に巣食う無頼の浪人たちは、四人残らず伊佐吉たちの縄を受けた。

一日一朱の給金の日雇い仕事は終わった。平八郎がこの仕事で得た物は、給金の一朱と〝吉岡虎之助〟だった。


本所元町は賑わっていた。

平八郎は賑わいを進み、呉服屋『徳屋』の日除け暖簾を潜った。

「吉岡虎之助さまですか……」

番頭は平八郎に聞き返した。

「うん。矢吹平八郎が参ったと伝えてくれ」

「それが矢吹さま。吉岡さまはもうおいでにならないのでございます」

「いない……」

呉服屋『徳屋』は、四人の無頼浪人がお縄になったので用心棒が不要になった。吉岡虎之助は御役御免になり、用心棒の仕事は終わっていたのだ。

伊佐吉たちと平八郎は、どうやら吉岡の仕事を奪ってしまったようだ。

「では、吉岡さんの素性《すじよう》は知っているかな」

「素性にございますか」

「うん」

「詳しくは存じませんが、確か相州《そうしゆう》浪人だと伺いましたが……」

相州浪人……。

小田原藩も相州だ。やはり、吉岡虎之助は志乃が夫の仇と狙う、元小田原藩藩士の吉岡竜之助なのか。

本人に確かめてみる必要がある。

平八郎は、吉岡の住まいを尋ねた。

「確か神楽坂の方だと伺いましたが、詳しくは……」

番頭は首を捻った。

「じゃあ、どのような伝手《つて》で雇ったんだ」

「手前の知り合いの口入屋に頼んで周旋して貰いましたが……」

平八郎は、吉岡が神楽坂の口入屋の口利きで荷揚人足をしていたのを思い出した。

「口入屋は神楽坂か……」

「はい。神楽坂は毘沙門《びしゃもん》さま傍の口入屋亀屋さんです」

『亀屋』で訊いてみるしかない……。

平八郎は番頭に礼を云い、神楽坂に向かった。


神楽坂は、神田川に架かる牛込御門から続く階段状の坂道である。

平八郎は坂道をあがった。やがて左手に日蓮宗善國寺《ぜんこくじ》毘沙門堂が見えてきた。

そして、毘沙門堂の隣りの肴町《さかなまち》に口入屋『亀屋』があった。

平八郎は、『亀屋』の暖簾を潜った。

昼下がりの口入屋は、仕事を探す人もなく閑散としていた。

主らしき初老の太った男が、薄暗い帳場に座っていた。

「邪魔をする……」

平八郎は帳場の端に腰掛けた。

初老の主は、探るような眼差しで平八郎を一瞥した。

明神下の口入屋『萬屋』の万吉が、時々見せる眼差しと同じだった。

「仕事ですか……」

「いや、仕事を探しに来たのではない」

「じゃあ……」

太った主は、怪訝な目を向けた。

「吉岡虎之助さん、こちらの世話になっていると聞いたが……」

「吉岡さんですか……」

「うん」

「吉岡さんにどのような……」

初老の主の目に不安が過ぎった。

「心配無用だ。吉岡さんとは日雇い仲間。本所にとぐろを巻いていた悪浪人どもを、一緒に退治した者だ」

平八郎は笑って見せた。白い歯が零れる人なつっこい笑顔だった。

「そうでしたか、御無礼しました。吉岡さんは確かにお世話をしております」

「逢いたいのだが、住まいを教えて貰えぬか」

「おやすい御用です。幸い今日は、日雇い仕事も休み、家にいる筈ですよ」

吉岡虎之助は、通寺町《とおりてらまち》の酒問屋の裏店《うらだな》で暮らしていた。

平八郎は『亀屋』を後にし、神楽坂を尚も進んだ。


通寺町の酒問屋の脇に、吉岡の住む裏店の木戸口はあった。

平八郎は木戸を潜り、棟割長屋《むねわりながや》の一軒の家の戸を叩いた。

家の中から男の返事がした。吉岡虎之助の声だった。

「おう、何方かな」

「矢吹平八郎です」

「矢吹……」

歪んだ腰高障子が音を立てて開き、吉岡虎之助が顔を出した。

「やあ……」

「おお、矢吹の平吉さんか……」

吉岡虎之助が怪訝な顔で笑った。

「突然、申し訳ない」

「それは構わぬが。ま、お入り下さい」

吉岡は平八郎を招きいれた。

「お邪魔します」

間口九尺奥行き二間の三坪の家は、几帳面《きちようめん》に片付けられており、壁際には数冊の書物が重ねられていた。

俺とは違う……。

平八郎は、己の部屋を思い出した。

「で、何か御用ですか」

吉岡が、茶の仕度をしながら平八郎を窺った。

「吉岡さん、例の無頼浪人、四人ともお縄にしましたよ」

「お蔭で私は御役御免になりました」

吉岡は苦笑した。

「申し訳ありません」

「いやいや、町方の者たちを苦しめる非道《ひどう》な者ども、一時も早く始末出来て何よりです」

吉岡は平八郎に茶を差し出した。

「はい。ところで吉岡さん、相州浪人と聞きましたが、まことですか」

「そうですが、それが何か……」

「いえ。私の知り合いに小田原藩の方がいましてね」

「小田原藩……」

「そうです」

平八郎は、吉岡の出方を窺った。

「私は同じ相州でも荻野山中藩《おぎのやまなか》でしてね。小田原藩ではありません」

「荻野山中藩……」

「左様、大久保出雲守《いずものかみ》さま一万三千石の貧乏小藩。台所は火の車。藩を維持するには、藩士を減らすよりなく……」

「奉公構《ほうこうかまい》になられましたか……」

「如何にも……」

吉岡虎之助は、自らを元荻野山中藩を首になったと云い、元小田原藩藩士である事を否定した。

「そうですか……」

「矢吹さん、お主の小田原藩の知り合いとは、どのような方なのですか」

吉岡はちらりと平八郎を窺い、茶を啜った。

「勘定方藩士の奥方です」

平八郎は吉岡の出方を窺った。

「ほう。で、その奥方がどうかされましたか」

吉岡は茶を飲んだ。

まるで、動揺した顔を湯呑茶碗と手で隠すように……。

平八郎は追い討ちを掛けた。

「夫の仇を捜しているのです……」

「仇……」

「ええ……」

「仇の名は、何と申されるのだ」

吉岡が探る眼差しを向けた。

「吉岡竜之助です……」

吉岡は驚いたように眼を見開き、平八郎を正面から見詰めた。

「成る程、私と一字違いでしたか……」

「ええ。それで、もし吉岡さんが小田原藩に関わりがあったなら、何かご存じかと思いましてね」

平八郎は引いた。

それは、吉岡虎之助が〝吉岡竜之助〟と別人だと確信したからではなく、同一人物だった場合を恐れた部分もあった。

平八郎は、吉岡の家を辞した。

吉岡は最後まで動揺を隠し、平八郎を見送った。


神楽坂善國寺毘沙門堂の境内には、子供たちの遊ぶ声が響いていた。

平八郎は、片隅にいる男に近付いた。

「待たせたな」

「今しがた来たばかりです」

男は、伊佐吉の下っ引を務める長次だった。

「急に悪いな」

「いいえ。で、吉岡さんは……」

「この先の酒問屋の裏店の一番奥の家だ」

「そこに暮らしている吉岡さんを見張ればいいんですね」

「うん。おそらく動く筈だ。そいつをな……」

「心得ました。じゃあ……」

「造作《ぞうさ》を掛ける」

下っ引の長次は、小走りに境内を出て行った。

もしも、吉岡の本名が〝虎之助〟ではなく〝竜之助〟ならば、必ず何らかの動きを見せる筈だ。

平八郎はそれを確かめる為、伊佐吉に力を貸してくれと頼んだ。伊佐吉は、長次を寄越してくれた。


到頭《とうとう》、現れた……。

吉岡は、坂上志乃の顔を思い出した。

志乃の艶やかな笑顔が、記憶の中に鮮やかに蘇《よみがえ》った。

妻を病で亡くしていた吉岡には、眩しい笑顔だった。

三年前、吉岡は志乃の夫であり、配下だった坂上真一郎にいきなり斬り付けられた。

吉岡は咄嗟に躱し、鋭い一撃を放った。一撃は坂上の首の血脈を呆気《あっけ》なく断ち斬った。

寧《むし》ろ斬られた方が良かった。だが、坂上の剣の腕は劣悪だった。

このままでは、何もかも告白しなければ事は治まらない。

それは出来ない……。

たとえ先に斬り掛かったのが、坂上だったとしても、その理由は吉岡が小田原藩にいられるものではなかった。

吉岡は逐電するしかなかった。

矢吹平八郎は、自分が〝吉岡虎之助〟ではなく、〝吉岡竜之助〟だと見抜いている。ただ、その確かな証拠がないだけなのだ。

平八郎と坂上志乃が、どのような関わりなのかは分からない。ひょっとしたら、仇探しに雇われているのかも知れない。いずれにしろ、このままではすまないのだ。

逃げるか、志乃の来るのを待つのか……。

吉岡は迷った。

長次は吉岡が家にいるのを確かめ、裏店の木戸口の見通せる蕎麦屋に入った。

他ならぬ平八郎さんの頼みだ……。

親分の伊佐吉は、長次にたっぷりと軍資金を渡してくれた。

窓辺に陣取った長次は、酒を飲み蕎麦を啜りながら裏店の見張りを始めた。


神田川は夕陽に赤く輝いていた。

神楽坂を出た平八郎は、不忍池の傍の志乃の家に向かった。

志乃は、不忍池傍の茶店の納屋を改造した家で暮らしている。

平八郎は御茶ノ水の傍を抜け、定火消《じょうびけし》御役屋敷を左手に曲がった。そして、日の暮れた不忍池に急いだ。

女の嬌声《きょうせい》が、暗い夜空に賑やかに響いた。

平八郎は、そこが湯島天神裏の切通しだと気付いた。

女の嬌声が再びあがった。

平八郎は、女の声のする方に足を速めた。そして、切通しを透かし見た。

女が男に絡みつき、賑やかに袖を引いていた。男は袖を引く女を背後から抱き、その胸元と裾に手を入れていた。女は身体を男に預け、賑やかな声をあげていた。

覚えのある顔と声の女だった。

志乃……。

平八郎は驚いた。

男に抱かれて嬌声をあげている淫売女は、坂上志乃だった。志乃と男は、絡み合いながら切通しの暗がりに消えていった。

志乃は、やはり身を売っていた……。

平八郎は立ち尽くした。立ち尽くし、呆然と見送るしかなかった。


酒は苦く五体に染みた。

志乃は夫の仇を追い求め、三年の辛く厳しい旅を続けて来た。その間に何があったのか、平八郎に知る術《すべ》はない。

志乃は金が欲しくて身を売るのか、それとも男が好きで身体を開いているのか。

金が目当てとは思えない……。

平八郎は志乃に思いを馳《は》せ、手酌で酒を飲んだ。

「どうしたんですか……」

おりんが、新しいお銚子を持って来て平八郎の猪口を満たした。

「おりん、男が欲しくなる事ってあるか……」

おりんは、驚いたように平八郎を見詰めた。

平八郎は猪口の酒を呷った。

「……どうかしたんですか」

おりんは眉を顰めた。

「う、うん……」

平八郎は志乃の事を話した。

おりんは黙って聞き、深い吐息を洩らした。

「哀しいわね……」

「哀しい……」

意外な答えだった。

「ええ……」

「何故、そう思うんだ」

「さあ、何故だかは分からないけど、きっと仕方がないのよ」

「仕方がない……」

平八郎は聞き返した。

「ええ、人なら誰にでも隠れている業《ごう》。きっとそれが、何かの弾みで顔を出す」

隠れている業……。

志乃が男と遊ぶのは、己の意思ではなく隠されていた業がなせる事なのか。だとしたら、志乃の男遊びは生涯続くかもしれない。

「元々男好きなのか、仇討ちの辛い旅が志乃さんを変えたのか……」

おりんは手酌で酒を飲んだ。

何故か平八郎は、酒を飲むおりんが哀しく見えた。

志乃はこのままでいいのか……。

平八郎は己に問い質《ただ》した。

良い筈はない……。

早々に仇を討って本懐《ほんかい》を遂《と》げ、小田原に帰るべきなのだ。平八郎は己に言い聞かせ、酒を呷った。

居酒屋『花や』は、いつしか客で溢れて賑やかになっていた。

お地蔵長屋は朝の喧騒《けんそう》も終わり、ようやく静かになった。

平八郎は下帯一本になり、井戸端で水を浴びた。冷たい水は、身体に残っていた酒を消し去った。

「旦那……」

長次が、いつの間にか来ていた。

「おう、どうだ」

「へい。吉岡さん、昨夜は一歩も家を出ませんでしたよ」

「出なかった……」

吉岡に動く気配がなかった。

「へい。あっしの見たところ、逃げ出すようすはありません。それで、亀吉と見張りを交代して来ました」

「そうか、ご苦労だったな」

「いいえ。どうって事ありませんよ。で、どうします」

「うん。それなんだが……」

平八郎は昨夜、酒を飲みながら考えた事を実行する事に決めた。そして、冷たい井戸水を頭から被った。

たとえ返り討ちにあっても、これ以上身を落とすよりは良い。

志乃に吉岡の居場所を教える……。

平八郎はそう決め、水を浴びた身体を小さく震わせた。

夕暮れの湯島天神は、参拝客も帰り始めて静けさに包まれていた。

女坂をあがって来た志乃は、拝殿《はいでん》の前の奇縁氷人石の『をしふるかた』を覗いた。

何枚もの貼られた紙の上に真新しい返事が重なり、風に揺れていた。

志乃は、風に揺れる新しい返事を一枚一枚読み進んだ。

揺れる一枚が眼に留まった。

志乃は眼を輝かせ、その紙を剝ぎ取って見詰めた。紙には『吉岡竜之助殿、神楽坂通寺町酒問屋近江《おうみ》屋の裏店』と書き記されていた。

「いた……」

志乃は呟いた。

眼を輝かせ、震えた声で呟いた。鼓動が高鳴り、全身が一気に火照《ほて》った。

神田川は音もなく流れ、遠くに舟行燈が小さく揺れていた。志乃は奇縁氷人石に貼られていた紙を握り締め、神田川沿いの道を小走りに神楽坂へと急いでいた。

水道橋や小石川御門の橋詰を抜け、合流する江戸川に架かる船河原《ふながわら》橋を渡った。

そして、神楽坂をあがった。

平八郎と長次は、小走りに行く志乃を尾行していた。

志乃の足取りには、迷いも躊躇《ためら》いもない。

吉岡の家に向かっているのだ。

「それにしても平八郎さん、志乃さん、敵討ちをする脇差か匕首、持っているんですかね」

長次は訝《いぶか》しげに首を捻った。

長次の疑問は、平八郎も既に感じていた事だった。

志乃は湯島天神を出て、そのまま神楽坂に向かったのだ。

吉岡の剣の腕は達人名人ではないが、武士としての修業はそれなりに積んでいる。女の志乃がまともに挑んだところで、勝算は十分の一もない。まして、武器がなくては勝てる筈もないのだ。

平八郎と長次の疑問は募った。

志乃は神楽坂をあがり終え、通寺町の酒問屋『近江屋』の裏店の木戸の前に立った。

志乃の身体は火照り、息が鳴った。

やっと逢える……。

志乃は、三年ぶりに逢う吉岡竜之助の姿を思い浮かべた。

志乃の脳裏に浮かんだ吉岡は、優しく微笑んでいた。

裏店は夜の静けさに沈んでいた。

志乃は木戸を潜った。

平八郎と長次は、暗がりに潜んで見守っていた。


行燈の灯りが小さく揺れた。

吉岡は書見台《しょけんだい》の書物から眼をあげ、微風の漂ってくる戸口を見た。

腰高障子の向こうに人影が動いた。

吉岡は刀を引き寄せ、油断なく身構えた。

「どなたかな」

腰高障子が開き、志乃が入って来た。

「志乃どの……」

来るべき時が来た……。

吉岡は、微かな安堵を覚えた。

「竜之助さま……」

志乃は、潤《うる》んだ眼差しで吉岡を見詰めた。

「坂上真一郎どのの仇、討ちに参られましたか……」

「捜しました。あれから三年、小田原を出て、ずっと竜之助さまを捜し続けました」

志乃は、吉岡の足元に泣き崩れた。

吉岡の家の外に張り付き、吉岡と志乃の様子を窺っていた平八郎と長次は思わず顔を見合わせた。

「平八郎さん……」

長次は困惑顔で囁いた。

「うん……」

平八郎は戸惑っていた。

只の仇討ちではない……。

吉岡と志乃のやり取りは、仇と仇を討つ者のものではなかった。

吉岡を見上げる志乃の眼には、凄絶《せいぜつ》な妖《あや》しさが満ち溢れた。

「志乃どの……」

吉岡は微かに怯んだ。

「竜之助さま……」

志乃は吉岡に縋り付いた。

「し、志乃どの……」

吉岡は狼狽した。

「お願いにございます。このまま私をお側に置いて下さい」

「志乃どの、私はそなたの夫坂上真一郎どのを斬って藩を逐電した仇。それはなるまい」

「坂上は、竜之助さまと私の事に気付き、私を厳しく折檻《せっかん》した上、卑怯《ひきょう》にも竜之助さまを闇討ちしようとして返り討ちにされた迄、坂上へのお気遣いは無用にございます」

志乃は眼を熱く潤ませ、妖艶《ようえん》な微笑みを浮かべた。

吉岡は思い出した。四年前、妻を病で亡くした時、志乃は何かと世話をやいて近付いてきた。そこには、夫の上役という理由もあった。

吉岡が我に返った時、志乃は眼を熱く潤ませて絡みついていた。

吉岡が求めて志乃が応じたのか、それとも志乃が求めて吉岡が応じたのか……。

何れにしろ吉岡と志乃は、不義密通を働いたのだ。

何もかも、それから狂い出した……。

一年後、志乃の夫で吉岡の組下の坂上真一郎は、二人の不義密通に気付いた。

吉岡は悔《く》いた。

坂上は激怒し、吉岡を襲撃した。吉岡は反射的に坂上を斬り棄て、小田原藩を逐電した。

「逢いたかった……」

志乃は淫靡《いんび》な眼差しで吉岡に抱き付き、その唇を貪り吸った。

吉岡は、志乃の積極性に少なからずうろたえた。

志乃は変わった……。

国元を離れて三年。しがらみのない江戸での一人暮らしは、志乃の隠されていた本性を引き出したのだ。

吉岡の背筋に悪寒《おかん》が走った。

これ迄だ……。

吉岡は志乃の背後に手を廻し、刀の鯉口を音もなく切った。

「只の仇討ちじゃあなかったようですね」

突然かけられた声に、吉岡は慌てて刀を元に戻し、志乃から離れた。

平八郎が入って来た。

「矢吹さん……」

吉岡は、志乃が現れた理由に気付いた。

志乃は戸惑いを浮かべた。

「吉岡さん、事情は良く分かりませんが、もういいじゃありませんか……」

平八郎は笑った。

「矢吹さん、私と志乃どのは不義密通を働き、それを知った坂上に襲われ……」

「斬り棄てましたか」

「申し訳のない事をした……」

吉岡は頷いた。

「矢吹さま、竜之助さまは悪くはございません。悪いのは、離縁してくれと頼んだ私を夜毎《よごと》、折檻した坂上なのです。ですから私、竜之助さまに……」

志乃は訴えた。

「志乃どの、言い訳は無用。余計な事は申されるな。たとえどうであろうが、私たちが不義を働いたのは間違いないのだ」

「ですが竜之助さま……」

「矢吹さん、もうお分かりでしょう。私たちは、武士の道、いや、人の道を踏み外した卑怯未練な獣なのです」

吉岡は己を静かに罵《ののし》った。

「人の道を踏み外した卑怯未練な獣……」

「ええ……」

「そうかも知れませんね」

平八郎は頷いた。

「いいえ、違います」

志乃が叫んだ。

「私たちは人です。武士の掟《おきて》やしがらみに縛られず、自分に正直に生きているだけの人間なのです」

志乃は昂然《こうぜん》と胸を張った。

「志乃さん、だからといって何をしても良いわけじゃあない……」

平八郎は、志乃を正面から見据えた。

知っている……。

平八郎は、自分が夜毎見知らぬ男と遊んでいるのを知っているのだ。

志乃は、直感の囁きに身を固くした。

「吉岡さん、お主たちがこれからどうするか、私は知りません。ですが、もう二度と逢う事もないでしょう」

平八郎は、吉岡に志乃を連れて姿を消せと言外に匂わせた。

「矢吹さん……」

吉岡は、平八郎の真意を探ろうとした。

「吉岡さん、二人で起こした事だ。始末は自分たちで付けるんですね。そうしなければ、お主は生涯苦しみ、やがては誰かの二の舞になる」

「誰かの二の舞……」

吉岡の頬が僅かに引き攣った。

「ええ。じゃあ……」

平八郎は背を向け、吉岡を拒否するように出て行った。

吉岡は、茫然と立ち尽くした。

「竜之助さま……」

志乃は妖しく濡れていた。


月明かりは、神楽坂を蒼白く照らしていた。

平八郎と長次は、肩を並べて坂を下った。

「とんだ仇討ちでしたね」

「ああ……」

「いいんですかい、放っておいて……」

「長次、神田明神の門前に知っている店がある。一杯付き合ってくれ」

「そいつは構いませんが……」

月明かりは、神楽坂を下る平八郎と長次の影を長く伸ばしていた。


その日の石積み仕事は終わった。

平八郎は日当を貰い、夕暮れの柳原《やなぎわら》通りを家路に向かっていた。

岡っ引の伊佐吉が、行く手の昌平橋を渡って来た。

「やあ、親分……」

「心中しましたよ」

「心中……」

「ええ。吉岡虎之助。いえ、竜之助さんですか、志乃って女の首を絞め、腹を切ってね」

吉岡竜之助は、志乃を殺して腹を切った。

自分たちで身の始末をつけた……。

吉岡は志乃の本性に気付き、いつの日か己が坂上真一郎の二の舞になると知ったのかもしれない。

風が吹き抜け、柳の並木が大きく揺れた。

派手な着物の女が、揺れる柳の陰に見えた。

志乃さん……。

平八郎は、思わず眼を見張った。だが、派手な着物の女は、志乃ではなかった。

風はおさまり、派手な着物の女は柳の陰に隠れた。

これで良かったのだ……。

平八郎は、微かな安堵を覚えた。

第四話　身投げ志願

一

神道無念流の剣術道場『撃剣館』は、門弟たちの気合と汗の匂いが満ち溢れていた。

稽古を終えた矢吹平八郎は、昂《たかぶ》った心と身体を鎮《しず》めるように井戸端で水を被った。全身から湯気が立ち昇った。

平八郎は続けざまに水を浴び、全身を大きく振った。水飛沫《しぶき》と湯気が飛び散った。

剣術道場『撃剣館』は、神田駿河台小川町の武家屋敷街にある。

平八郎は『撃剣館』を後にし、御用屋敷との間の道を下った。そして、太田姫《おおたひめ》稲荷《いなり》の傍を抜け、神田川沿いの淡路坂を下りて昌平橋に向かった。

行く手に昌平橋が見えた時、若い女の悲鳴があがった。

平八郎は猛然と走った。

悲鳴は昌平橋からあがっていた。

「誰か、誰か……」

平八郎が駆けつけた時、二人の町娘が神田川を見下ろして人を呼んでいた。

「どうした」

平八郎は、駆け寄りながら尋ねた。

町娘たちは、声を揃えて神田川を指差した。

「人が、人が……」

平八郎は神田川を覗いた。

初老の職人風の男が、浮いたり沈んだりしながら流されていた。

「おのれ」

平八郎は刀を鞘ごと外し、素早く袴と着物を脱ぎ捨て、下帯一本になって神田川に身を躍らせた。

神田川の流れは、数日前に降った雨のせいで速かった。

平八郎は流れに乗り、抜き手を切って初老の職人風の男を追った。そして、職人に追いつき、その顔を仰向けに抱えた。職人は気を失っており、ずっしりと重かった。

平八郎は職人を抱え、船着場を探した。だが、筋違御門は既に過ぎており、和泉《いずみ》橋はまだ先だった。

平八郎は懸命に泳いだ。気を失っている職人は、着物も充分に水を含んで重くなっていった。平八郎は思わず水中に引きずり込まれそうになった。だが、水を飲みながらも、懸命に態勢を立て直した。

このままでは自分も沈んでしまう。助かるには、職人を放すしかない。

おのれ……。

平八郎は、沈み掛ける職人を片手に抱え、必死に抜き手を切った。

一隻の猪牙舟が、近付いて並んだ。

「船べりに掴《つか》まりなせえ」

船頭の声が響いた。

助かった……。

平八郎は、船頭の助けを借りて職人を猪牙舟に押し上げた。

初老の職人は、大量の水を吐き出して気を取り戻した。

「ま、どうやら助かったな」

町医者は診察を続けた。

良かった……。

平八郎は、下帯一本の姿で安堵の吐息を洩らした。

「御浪人さん……」

船宿『若松《わかまつ》』の女将が、平八郎に浴衣《ゆかた》を持って来てくれた。

平八郎と初老の職人は、あれから猪牙舟の船頭によって柳橋《やなぎばし》の船宿『若松』に運び込まれた。

『若松』の女将は、職人を台所に運び、若い衆に医者を呼びに走らせた。

「こりゃあ助かった」

平八郎は浴衣を着た。

職人は気を取り戻し、自分が助かったと知って激しく泣き崩れた。

平八郎や町医者、そして女将と船頭が、戸惑いを浮かべて顔を見合わせた。

初老の職人は、竹造《たけぞう》という名の鍛金師《たんきんし》だった。竹造は身投げをしたのだった。

「恨みます。あっしが死ねば何もかもなかった事になるのに、どうして死なせてくれなかったんですか……あっしは助けて戴いたのを恨みます」

鍛金師の竹造は、助けられた事を恨み、さめざめと泣いた。

女将と船頭、そして町医者が、白けた眼を平八郎に向けた。

平八郎は思わず首を竦《すく》めた。


擦《す》れ違う者たちは、平八郎を一瞥しては失笑した。船宿『若松』の浴衣は、平八郎には丈《たけ》が短く、長い脛《すね》を風に晒していた。擦れ違う者たちは、それを笑った。

平八郎は構わず昌平橋に急いだ。

昌平橋には、脱ぎ捨てた着物と刀がある。

平八郎は急いだ。

だが、昌平橋には、脱ぎ捨てた着物も刀もなかった。

盗まれた……。

平八郎は呆然と立ち尽くした。

古い着物と刀だが、売れば幾らかにはなる筈だ。

平八郎は長い脛を晒し、明神下の通りをお地蔵長屋に向かった。

木戸口の古い地蔵は、尚も目鼻立ちを崩していた。平八郎は、おざなりに手を合わせた。

出掛ける時、手を合わせたのに御利益《ごりやく》どころか、罰でも当たったようだ。

「しっかり頼むぜ……」

平八郎は、古い地蔵の頭をひっ叩《ぱた》き、長屋の家に向かった。

長屋の子供たちが、井戸端で賑やかに遊んでいた。

平八郎は、それを横目に家に入ろうとした。

「あっ、平八郎のおじちゃんだ」

子供の一人が、平八郎を指差して叫んだ。

平八郎は怪訝に立ち止まった。

風呂敷包みを抱えた町娘が、子供たちの中から立ち上がった。

見覚えのある町娘だった。

平八郎がそう思った時、町娘の抱える風呂敷包みから刀の柄と鞘がはみ出しているのが見えた。

「おお、そなたは……」

昌平橋で竹造の身投げを目撃した町娘の一人だった。

「矢吹平八郎さま……」

「ああ、良く分かったな」

「はい。矢吹さまが飛び込んだ後、集まって来た人の中に矢吹さまをご存じの人がいまして、それで……」

平八郎の身許《みもと》と家を訊き、刀と着物を届けに来た。そして、子供たちと遊びながら平八郎の帰りを待っていたのだ。

「そうか。いや、良く来てくれた。お蔭で助かった」

町娘は、内神田お玉ケ池傍に住む大工の孫娘のお葉《よう》だった。お葉は、友達と湯島天神をお参りに行った帰り、竹造の身投げに出逢ったのだ。

平八郎は着物を着替え、やっと落ち着いた。

「お葉さん、お礼に汁粉《しるこ》でも御馳走します」

「いいえ、お礼なんて……」

お葉は遠慮した。

「なあに、遠慮は無用です。さあ、行きましょう」

平八郎は、お葉を神田明神門前にある甘味処に案内した。

平八郎は甘酒を飲み、お葉は汁粉を三杯食べた。そして、平八郎は、お葉を内神田松枝《まつえ》町の家に送ることにした。

内神田松枝町は神田川の向こうだ。

平八郎とお葉は、昌平橋の隣りの和泉橋を渡って柳原の通りに出た。その時、数人の若い男たちが、猛然と駆け寄って来た。

「お嬢さん」

「あら、直助《なおすけ》」

「なんだ、この野郎」

駆け寄って来た男たちの一人が、平八郎に殴り掛かってきた。

「やめなさい、正太《しょうた》」

お葉が叫んだ。だが、叫び終わる前に正太は平八郎に投げ飛ばされ、土埃を舞い上げた。

若い男たちは怯み、平八郎とお葉を取り囲んだ。

「何をするのよ、直助」

お葉は怒った。

「お嬢さん、その浪人、何をしやがったんです」

直助と呼ばれた兄貴分の男が、身構えながら怒鳴り返した。

「何をしたって。馬鹿ね、矢吹さまは私を送って来てくれたのよ」

「送って来てくれた……」

直助たちは、怪訝に顔を見合わせた。

「もう、矢吹さまに謝りなさい」

直助たちは、お葉の祖父・宗兵衛《そうべえ》の弟子の大工たちだった。

内神田松枝町の大工『大宗《たいそう》』は、江戸でも指折りの大工一家だった。

お葉の祖父の宗兵衛を大棟梁《とうりょう》にし、現場の棟梁や小頭《こがしら》、そして大工や見習いなど数十人を抱えていた。小頭の直助や正太もそうした弟子の一人だった。

宗兵衛は、可愛い孫娘のお葉の帰りが遅いのを心配し、直助たち手の空いている弟子に探せと命じた。直助や正太たちは、お葉の身に何かあったと早とちりをし、平八郎に殴り掛かったのだ。

事の次第が分かり、お葉は大声で笑った。

平八郎と直助、正太たちが続いた。お葉は男の多い家で育ったせいか、屈託のないさっぱりとした性格をしていた。

「それでお汁粉三杯、御馳走になって来たのよ」

「お汁粉三杯ですか……」

正太は甘党なのか、涎《よだれ》を垂らした。

「ええ。美味しかったわよ」

「お嬢さん、そりゃあ羨《うらや》ましい」

直助と正太たちが、賑やかに笑った。

平八郎は、お葉を直助たちに渡して別れた。


酉《とり》の刻六つ半。

平八郎は、神田明神門前の居酒屋『花や』で晩飯を食べ、お地蔵長屋の家に戻った。そして、家の戸を開けようとした時、背後の暗がりから男の声が掛かった。

「恨みますよ、矢吹の旦那……」

弱々しく恨みのこもった声だった。

平八郎は、ぞっとした面持ちで振り返った。

井戸端の暗がりに男が佇んでいた。

「誰だ……」

平八郎は身構え、暗がりを透かし見た。

暗がりに佇んでいる男は、身投げした鍛金師の竹造だった。

「竹造さん……」

「矢吹の旦那、どうして死なせてくれなかったのですか……」

竹造は、今にも倒れそうな足取りで平八郎に近づいて来た。

平八郎は、竹造の思い詰めた顔に怯み、思わず後退りした。

「た、竹造さん、話を聞こう。詳しく聞こう。家に入ってくれ」

平八郎は、竹造を家に招き入れた。


行燈の灯りが揺れ、竹造の横顔を不安げに照らした。

平八郎は安茶を淹れ、竹造に差し出した。

竹造は、平八郎にまだ恨みがましい眼差しを向けていた。

「あっしは茶より、死なせて欲しかった……」

「そんなに死にたかったのか……」

平八郎は、助けた事に負い目を感じた。

「死ぬは極楽、生きるは地獄……」

暗い呟きだった。

「竹造さん、何か力になれるかもしれぬ。詳しい話を聞こう」

「へい。勿論、聞いて戴きます。そして、あっしが身投げをした訳に得心《とくしん》されたら、哀れな奴と、その刀でばっさり斬ってください」

竹造は、暗い眼で平八郎の刀を見詰めた。

「早まるな竹造さん。どうするか決めるのは、話を聞いてからだ」

平八郎は、慌てて刀を背後に隠した。

「旦那、あっしは鍛金師、銀師《しろがねし》でしてね……」

鍛金師とは、金や銀の地金を熱して冷まし、木槌《きづち》や金槌で叩いて立体的な形を造り、金や銀の器を作る職人だ。そして、銀師は銀職人を称した。

銀器には、薬缶《やかん》や急須《きゅうす》、銚子やぐい飲みなどがあり、他には煙管《きせる》、簪《かんざし》、香炉《こうろ》などがある。

「……それで、茶道具屋の旦那に香炉を頼まれましてね」

「銀の香炉か……」

「へい。そいつが妙な事に葵《あおい》の御紋《ごもん》を浮き上がらせた奴でしてね」

「葵の御紋だと……」

葵の紋は将軍家の家紋であり、勝手に使う事は憚《はばか》られていた。

「ええ。手間賃も良くて引き受けて、ようやく期限迄に出来たと思ったのに……」

竹造は俯《うつむ》き、鼻水を啜った。

「どうしたんだ……」

平八郎は先を促した。

「娘が出掛け、あっしがちょいと厠《かわや》に行っている間に消えちまったんです」

「消えた……」

「へい。それで、茶道具屋の旦那に報せたら、五日以内に持って来なければ、銀の地金代二十五両を弁済するか、死んで詫びろと……」

「それで死ぬほうを選んだのか」

「二十五両なんて、娘が岡場所に身売りでもしなくちゃ都合できねえ金だ」

「竹造さん、銀の香炉がなくなった事、お上《かみ》に届けたのか」

「いいや……」

「どうして……」

「茶道具屋の旦那が、お上に届けたらあっしは無論、娘も磔《はりつけ》獄門になると云って……」

葵の御紋を浮かした香炉を無断で作り、どんな咎めを受けるか分からない。茶道具屋の旦那はそう云ったのだ。

「その香炉、好きな形に造ったのか……」

「いいや。ある香炉を一度だけ見せられ、後は形と寸法を書いた図面を見て、同じものを造れと……」

「一度見せられた香炉にも、葵の御紋が浮いていたのか」

「ああ……」

「つまりは写し、贋物《にせもの》造りか……」

「手間賃が良かったから……」

竹造は項垂《うなだ》れた。

「香炉の図面、まだ持っているか……」

「図面は、茶道具屋の旦那に返せと云われて返したけど、いろいろ工夫する為に写し取った図面ならあります」

竹造は懐から手垢に汚れた手控帖を出し、真ん中ほどの頁を開いて見せた。

手控帖の周囲は濡れて墨は滲んでいたが、香炉の形と葵の御紋の図柄は良く分かった。

茶道具屋の旦那は、贋物の葵の御紋入りの香炉を作ってどうする気だったのだ。

平八郎は思いを巡らせた。

「矢吹の旦那、これであっしが身投げをしなきゃあならねえ訳、分かったでしょう」

竹造は、深い吐息を洩らした。

茶道具屋の旦那は、竹造に圧力を掛けて身投げさせ、口を封じようとしたのだ。

「いいや、分からないよ」

「えっ……」

「竹造さん、こいつはきっと裏がある。そいつを突き止めるんだ」

「ですが、あっしが死なねえ限り、娘は無理矢理に身売りを……」

「そうはさせない」

平八郎は不敵に笑った。

葵の御紋の銀の香炉……。

茶道具屋の旦那は、贋の香炉を竹造に作らせて何をしようとしていたのだ。

何者かが潜んでいる……。

贋香炉の背後には、茶道具屋の旦那以上の大物が潜んでいるかも知れない。

「竹造さん、暫く身を隠すんだ」

「身を隠す……」

「ああ。俺に任せておけ」

平八郎は胸を叩いた。

その夜、鍛金師の竹造と娘のおてるは、下谷《したや》広小路裏の家から姿を消した。


小石川安藤《あんどう》坂をあがると、左手に紀伊田辺《きいたなべ》三万八千八百石安藤飛騨守《ひだのかみ》の江戸上屋敷がある。安藤飛騨守は田辺藩藩主であり、紀伊徳川家の附家老でもある。

安藤坂は牛天神横から無量山傳通院《むりようさんでんづういん》の表門に続き、その名の謂れは安藤家から来ていた。

平八郎は安藤屋敷の角を左に曲がり、武家屋敷街に入った。そして、紀伊田辺藩江戸上屋敷の裏手にある榊原《さかきばら》家を訪れた。

「こりゃあ平八郎さま……」

榊原家の下男の新八《しんぱち》が、若々しい笑顔で平八郎を迎えた。

「右京《うきよう》さんいるかな」

「はい。如何《いかが》します」

「庭に廻ろう」

平八郎は畏《かしこ》まった書院や座敷より、庭先を選んだ。

旗本三百石榊原家は、四百坪ほどの敷地に建っていた。

平八郎は式台をあがらず、新八の先導で南の木戸から庭に向かった。

「昨日は大変でしたね」

「なにが……」

「身投げ人を追って神田川に飛び込んだそうですね」

新八は知っていた。

「見ていたのか……」

「いいえ。手前じゃあなくて殿様が……」

新八は笑った。

「右京さんが……」

「ええ。撃剣館に行く途中、平八郎さまが下帯一本で飛び込んだのを見たそうです」

大工の孫娘のお葉に、平八郎の名と住まいを教えたのは、榊原右京だったのだ。

「旦那さま……」

新八は、奥の木戸前から右京の部屋に声を掛けた。

「どうした」

右京の返事が、奥木戸の向こうからした。

「平八郎さまがお見えにございます」

「入って貰え」

「はい。どうぞ」

新八は奥木戸を開け、平八郎を通した。

平八郎は奥の庭に入った。そこは、榊原家の主・右京の居間の庭先だった。

榊原右京は読んでいた書物を閉じ、濡縁《ぬれえん》に出て来た。

右京は、平八郎の『撃剣館』の兄弟子であり、弟のように可愛がっていた。

「やあ、昨日は活躍だったたな。で、身投げ人は無事だったか」

右京は濡縁に座った。

「はい。一応……」

「一応か、何があった」

平八郎は濡縁に腰掛け、事の顚末《てんまつ》を話した。

二

「そうか、恨まれたか……」

右京は苦笑した。

「で、私に何用だ」

「これを見て下さい」

平八郎は、竹造が描いた香炉の図面の写しを見せた。

「ほう、こいつは……」

右京は図面を見詰めた。

「葵の御紋を浮かした銀の香炉の図面です」

「銀の香炉な……」

「はい。おそらく将軍家から拝領《はいりょう》した物だと思いますが、誰が拝領した物か分かりますか」

「そいつが、贋物を造ろうとしているか……」

「きっと……」

平八郎は頷いた。

「噂によれば、葵の御紋入りの銀の香炉は、漂う香煙《こうえん》が竜のようにうねるので葵の銀竜《ぎんりゅう》と呼ばれる名品でな」

「葵の銀竜ですか」

「左様。そして、東照神君家康公が大坂攻めの時、功名をあげた旗本井沢主水《いざわもんど》に与えたと聞いている」

「井沢主水……」

「以来、井沢家は葵の紋入りの銀香炉を家宝として来た」

「そうでしょうね……」

「旗本井沢家は、三千五百石の大身でな。今の主は釆女正《うねめのしょう》と申して無役の寄合いだ」

「井沢釆女正ですか……」

「うむ。平八郎、贋香炉の一件、井沢釆女正が絡んでいると見ているのか」

「竹造は一度だけ本物を見せられたと云っています。本物を持っているのは……」

「井沢家しかないか……」

「ええ……」

「で、どうする気だ」

「竹造に恨まれたままでは、寝覚めが悪いですからね。身投げをしなくていいようにしてやるしかありませんよ」

平八郎は苦く笑った。

「下手をすると、相手は三千五百石の大身旗本。くれぐれも気を付けるのだな」

「はい」

「これはこれは平八郎殿……」

右京の母親の佳乃《よしの》が、中年の女中に茶を持たせて現れた。

平八郎は慌てて立ち上がった。

「これはお袋さま、お邪魔をしております」

「おいでなされまし。さあ、どうぞ……」

佳乃は優しく微笑み、平八郎に茶を勧めた。

「はい。戴きます」

平八郎は、直立不動に固まりながら頭を下げた。

「毎日、きちんとお食事をしていますか」

「はい」

「お酒ばかり飲んでいてはいけませんよ」

「はい」

平八郎は、額に浮かんだ汗を薄汚れた手拭で拭いた。

「洗濯物が溜まったら、いつでも持って来ていいんですよ」

平八郎は、慌てて手拭を懐に押し込んだ。

「ありがとうございます」

平八郎は、佳乃の優しさが苦手だった。

右京は笑った。


日本橋室町の茶道具屋『玉扇堂《ぎょくせんどう》』は、大店《おおだな》らしく落ち着いた店構えだった。

「邪魔をする」

平八郎は暖簾を潜った。

「いらっしゃいませ」

帳場にいた番頭や手代が、声を揃えて迎えた。だが、番頭は平八郎をすぐに値踏みし、手代に相手をするように顎で示した。

平八郎は苦笑した。

「何をお求めにございましょうか」

手代が作り笑いを浮かべた。

「流石《さすが》は玉扇堂、見事な逸品《いっぴん》と申すか、値の張る道具ばかりだな」

平八郎は、飾られている高価な茶道具を感心して見廻した。

「そりゃあもう。して、何を……」

手代は、作り笑いを浮かべて急《せ》かした。

貧乏浪人に買える品物はない……。

平八郎は、手代の腹の内を読んだ。

「葵の銀竜と称する銀の香炉があるそうだな」

平八郎は鋭く踏み込んだ。

「えっ……」

手代は戸惑った。

「葵の銀竜だ。あるんだろう」

手代は、戸惑いを浮かべたまま番頭を見た。

番頭は、驚いたように平八郎を見詰めていた。

「そいつを何処で手に入れたんだい」

「あの、お客さま……」

番頭が俄《にわ》かに顔色を変え、帳場から出て来た。

「なんだ」

「そのような事、何処の誰に……」

「何処の誰って、俺たちの間じゃあ専《もっぱ》らの評判だぜ。玉扇堂には、何故か葵の紋所の銀の香炉があるってな」

「そのような……」

番頭は、浮かぶ動揺を懸命に隠した。

「だから、眼福《がんぷく》にあずかりたいと思ってな。どうだ、ちょいと見せちゃあくれないか」

「御浪人さま……」

恰幅《かっぷく》の良い旦那が、奥から現れた。

「玉扇堂の主、仙右衛門《せんえもん》にございますが、貴方《あなた》さまは……」

「俺か、俺は矢吹平八郎だ」

「矢吹さま、よろしければ奥に……」

「そうか……」

平八郎は笑った。

庭に面した奥座敷は、日本橋室町とは思えぬ静けさだった。

「どうぞ……」

仙右衛門は抹茶を差し出した。

「茶の湯は不調法でな」

平八郎は作法を無視し、抹茶を一息で飲み干した。

「それで矢吹さま。手前どもの店に葵の御紋の銀の香炉があると……」

仙右衛門は、探る眼差しを見せた。

「左様……」

「そのようなものは……何かのお間違えでは」

「いや。確かに聞いたぞ。これがあるとな」

平八郎は懐から折り畳んだ紙を出し、皺《しわ》を伸ばして差し出した。

紙には、葵の御紋入りの香炉の絵が描かれていた。竹造の図面を写した絵だった。

仙右衛門の顔が、不安そうに強張った。

「これは……」

「香煙が竜のようにうねってのぼる銀の香炉、葵の銀竜の絵だ。お主はこの香炉の写しを造った……」

平八郎は、仙右衛門の反応を窺った。

「矢吹さま、そのような出鱈目《でたらめ》を何方に」

「誰だって良いだろう。で、写しを造るって事は本物がなきゃあならない。あるんだろう葵の銀竜……」

「矢吹さま、葵の銀竜はその昔、東照神君家康公が褒美《ほうび》としてお旗本に下されたと聞いております。ですから、お持ちなのは……」

「お旗本の井沢さまのはずだが、何故かお前さんが持っている……」

仙右衛門の顔色が変わった。

「そりゃあこのご時世だ。幾ら大身旗本も手元不如意《ふにょい》で売り飛ばしたり、貸し出すこともあるだろう」

「矢吹さま……」

仙右衛門は手文庫から小判を出し、懐紙《かいし》に包んで差し出した。

「手前がお見せ出来る物は、これだけにございます」

「そうか、ま、いいだろう」

平八郎は、小判の包みを懐に入れて立ち上がった。

「邪魔したな」

平八郎は狡猾そうに笑い、さっさと奥座敷を出て行った。

仙右衛門は鈴を鳴らした。

庭先に遊び人の佐吉《さきち》が現れた。

「佐吉、今の浪人の正体、突き止めろ」

「へい……」

佐吉は、素早く木戸を出て行った。

「旦那さま……」

番頭が、不安そうな顔を出した。

「久助《きゅうすけ》、竹造はどうしたんだ」

「さあ……」

久助は首を竦めた。

「すぐに調べさせて、面倒だったらさっさと始末しろ」

「は、はい」

番頭の久助は、怯えたように身を縮《ちぢ》めて立ち去った。

「おのれ……」

仙右衛門は、満面に苛立ちを浮かべた。


日本橋室町の通りは、行き交う人で賑わっていた。

『玉扇堂』を出た平八郎は、神田川沿いの柳原通りに向かった。

背後から来た男が、肩を並べた。

「野郎が尾行てきますぜ」

男は平八郎に短く囁き、足早に追い抜いて路地に曲がって行った。岡っ引駒形の伊佐吉の下っ引の長次だった。長次は、平八郎に頼まれて尾行者の有無を見張っていたのだ。

やはり追ってきやがった……。

平八郎は振り返りもせず、縦横に交差している通りを進んだ。通行人が次第に減って行った。平八郎は背後を窺った。遊び人らしき男が、一定の距離を保ってついて来ていた。佐吉だった。

平八郎は再び角を曲がった。佐吉も曲がって来た。

平八郎は尾行者を確認し、裏路地に入った。

追って駆け込んだ佐吉が、愕然《がくぜん》として立ち竦んだ。

平八郎がいた。

「御苦労だったな」

佐吉は身を翻した。だが、その前に長次が立ち塞がった。

「畜生……」

佐吉は逃げ道を作ろうと、匕首を抜いて長次に襲い掛かってきた。

「馬鹿野郎」

長次が十手を唸らせた。

佐吉の匕首が、甲高い音を鳴らして飛んだ。


下谷広小路は、上野寛永寺への参詣客や不忍池を散策する人で賑わっていた。

茶道具屋『玉扇堂』の番頭久助は、二人の浪人を連れて下谷広小路裏の上野町二丁目に現れた。

久助と二人の浪人は、上野町二丁目の片隅にある仕舞屋に急いだ。

「この家だ」

二人の浪人は、久助が示した仕舞屋の様子を窺った。

仕舞屋は静まり、人の気配はなかった。

「誰もいないようだな」

浪人たちが顔を見合わせた。

「そんな。竹造とおてるって娘がいる筈だ」

久助は焦った。

「だが、人の気配もないし、物音一つしない」

浪人は戸を開けようとした。だが、戸には内側から錠が掛けられているらしく、開かなかった。

「裏に廻ってみましょう」

久助は、浪人たちと裏に廻った。

駒形の伊佐吉の下っ引の亀吉が、斜向《はすむ》かいの路地から三人の様子を見守っていた。

裏に廻った久助は、竹造と娘おてるが姿を消したのを知った。

その時、亀吉の怒鳴り声が響いた。

「空き巣だ。泥棒だ。竹造さんの家に空き巣が入ろうとしているぞ」

久助と二人の浪人は仰天した。

「泥棒だ。盗人だ」

亀吉は尚も叫んだ。

隣近所の人々が、表に出てき始めた。

久助と二人の浪人は、激しくうろたえ我先に逃げ出した。


柳森稲荷《やなぎもり》は、神田川和泉橋の西詰近くの堤の下にあった。

平八郎と長次は、後ろ手に縛った佐吉を柳森稲荷の裏に連れ込んだ。

「玉扇堂の仙右衛門に頼まれて俺を尾行たんだな」

佐吉は答えず、不貞腐《ふてくさ》れたように笑った。

次の瞬間、平八郎の平手打ちが飛んだ。

佐吉の顔が鋭い音を鳴らして歪み、地面に叩きつけられた。長次が、髷《まげ》を掴んで佐吉の土に汚れた顔を引きあげた。

佐吉は苦しく呻《うめ》いた。

「素直に答えねえと、この髪の毛、一本残らず引き抜いてやってもいいんだぜ」

長次は薄笑いを浮かべた。

隙も容赦もない責めだった。

「名前、何て云うんだ」

長次は髷を捩《ね》じ上げた。

佐吉の頭の皮と眼が、吊り上がった。

「さ、佐吉……」

「佐吉か……」

長次は髷を戻した。

「佐吉、仙右衛門を命懸けで護《まも》らなきゃあならない義理でもあるのか」

平八郎は笑顔で尋ねた。まるで、珍しい玩具を手にした子供のような笑顔だった。

佐吉は背筋に寒気を覚え、首を横に振った。

「だったら、何もかも喋っちまうんだな」

平八郎は冷たく笑った。

「なあに、ちょいと姿を隠している内に、仙右衛門の始末はついているさ」

長次は嘲りを浮かべた。

「……仙右衛門の旦那が、後をつけて正体を突き止めろと……」

佐吉は落ちた。

「銀の香炉の件は知っているか……」

佐吉は頷いた。

平八郎は本題に入った。

「じゃあ、鍛金師の竹造さんも知っているな」

「ああ。仙右衛門の旦那が、銀の香炉の贋物を造るように頼んだ」

「ところが竹造さんの造った贋香炉、いつの間にかなくなってしまってな。そいつが誰の仕業《しわざ》か知っているんだろう」

「番頭だ。久助って番頭が、旦那の命令で竹造の隙を見て盗みだしたんだ」

「やはりな……」

「ですが旦那、贋香炉造りは仙右衛門が頼んだ事。それを何故、盗み出すなんて面倒な事をしたんですかい」

長次が首を捻った。

「贋香炉は自分の手元にはない。その行方も分からない。そう思わせて、おまけに竹造の口も封じたい。そんな事を一度に叶えるには、竹造の処から密かに盗み出して、責任を竹造に押し付けるってのが一番って訳だ」

「手の込んだ汚ねえ真似《まね》をしやがる」

長次は吐き棄てた。

平八郎は苦笑した。

「よし、佐吉。こいつで暫く身を隠しているんだ」

平八郎は佐吉の縛《いまし》めを解き、一枚の小判を渡した。

佐吉は乱れた髷を手拭で隠し、一両小判を握って柳原の通りを駆け去った。

「大丈夫ですか……」

「うん。佐吉はおそらく姿を消すだろうさ」

「悪党には義理もなけりゃあ人情もありませんか……」

「ああ。それで仙右衛門がどう出るかだ……」

平八郎は、仙右衛門の出方を見ようとしていた。

「成る程、それにしても一両とはね」

「なあに、仙右衛門が口止めにくれた金だ」

平八郎は笑った。

茶道具屋『玉扇堂』の仙右衛門は、贋の銀香炉をどうする気なのか……。

平八郎は思いを巡らせた。

神田川は煌めいていた。

榊原右京は牛込御門を潜り、神田川沿いの道を下流に進んだ。

小石川御門、水道橋を抜け、小栗《おぐり》坂を南東に行くと神道無念流の剣術道場『撃剣館』がある。

榊原右京は川風に吹かれ、川沿いを進んだ。

手代を供にした大店の旦那が、武家屋敷の門番に訪問を告げていた。

「日本橋は室町の茶道具屋玉扇堂の仙右衛門にございます。御用人の松田《まつだ》さまにお取次ぎをお願い致します」

右京は足を止めた。

茶道具屋『玉扇堂』の主・仙右衛門……。

平八郎に聞いた名前だった。

仙右衛門と手代は、門番に案内されて長屋門を潜って屋敷内に消えた。

右京は見送り、隣りの屋敷から出て来た中間《ちゆうげん》を呼び止めた。

「何でございましょう」

中間は、怪訝な眼を右京に向けた。

「ここはどなたのお屋敷だ」

「はあ、井沢釆女正さまのお屋敷にございますが……」

「そうか。造作を掛けたな」

「いいえ……」

中間は、会釈《えしやく》をして通り過ぎて行った。

やはり井沢釆女正の屋敷……。

右京は小さく笑い、『撃剣館』に向かった。


井沢屋敷は静けさに包まれ、座敷には庭からの風が漂っていた。仙右衛門は座敷の隅に座り、用人《ようにん》の松田忠三郎《ちゆうさぶろう》が現れるのを待っていた。

「待たせたな……」

主の井沢釆女正が、用人松田忠三郎を従えて現れた。

「御前《ごぜん》さまには御機嫌麗《うるわ》しく……」

「仙右衛門、堅苦しい挨拶は抜きだ。例の物は出来たか……」

「はい……」

仙右衛門が桐箱を差し出した。

「松田、これに……」

用人の松田忠三郎が膝を進め、桐箱を井沢の許に運んだ。

井沢は桐箱の紐を解いて蓋《ふた》を外し、葵の紋の浮いた銀の香炉を取り出した。

銀の香炉は鮮やかに輝いた。

井沢は、銀の香炉を見詰めた。

「如何でございましょう」

仙右衛門が僅かに膝を進めた。

「古色蒼然《こしょくそうぜん》とした造りといい、葵の御紋といい、見事な出来栄えだ……」

井沢は、銀の香炉に見惚《みほ》れていた。

「ありがとうございます」

仙右衛門は、安堵の吐息を洩らした。

「まことに本物と見間違うほどですな」

松田は眼を丸くしていた。

「よし。松田、御老中に逢う手筈を整えろ」

「心得ました」

松田は座敷を出て行った。

「ようやった仙右衛門」

「畏《おそ》れ入ります」

「で、この香炉の事、世間に洩れはしないな」

「は、はい……」

「もし、洩れれば、先祖が命懸けで働き、東照神君家康公から拝領した家宝を粗《そ》略《りゃく》に扱った慮外者《りょがいもの》と罵られ、御老中にも賄物を摑ませたと恨みを買うのは必定《ひつじょう》。よいな」

「ははっ。篤《とく》と心得ております」

仙右衛門は、額に浮かぶ汗を隠すように平伏《へいふく》した。

浅草駒形町の鰻屋『駒形鰻』は、客と蒲焼の香りで溢れていた。

女将のとよとおかよや女中は、忙しく客の相手をしていた。

奥の座敷には、店とは違って隅田川を行き来する船の櫓《ろ》の音だけが響いていた。

「やはり、仙右衛門の仕組んだことでしたかい……」

岡っ引の駒形の伊佐吉は苦笑した。

「うん……」

平八郎は頷いた。

「って事は平八郎さん、仙右衛門の旦那は最初から……」

竹造が声を震わせた。

「ああ……」

「酷い……」

娘のおてるが、涙声で呟いた。

平八郎は、竹造とおてるが仙右衛門に狙われると睨み、伊佐吉の家である『駒形鰻』に匿って貰っていたのだ。

「心配するなおてるちゃん、奴らの企みは必ず叩き潰してやる」

「親分……」

下っ引の亀吉が、廊下に現れた。

「おう、どうだった」

「へい。平八郎さんの睨んだ通り、玉扇堂の番頭の久助が、二人の浪人を連れて竹造さんの家に来ましたよ」

「おのれ……」

平八郎は怒りを浮かべた。

「それでどうしたい」

伊佐吉が尋ねた。

「へい。空き巣だって大騒ぎをしてやったら、慌てて逃げて行きましたよ」

「そうか、御苦労だったな」

伊佐吉は苦笑した。

「竹造さん、おてるちゃん、聞いての通りだ。もう暫くここに厄介《やっかい》になっているんだ」

「へ、へい。ですが……」

竹造は伊佐吉を気にした。

「なあに気にする事はねえ。竹造さんとおてるちゃん、良く手伝ってくれるとお袋も喜んでいる。遠慮は無用だよ」

「ありがとうございます、親分……」

竹造とおてるは、浮かぶ涙を拭った。

「そうだ、親分……」

平八郎は二枚の小判を出し、伊佐吉に差し出した。

「こいつは、仙右衛門が口止め料として俺に渡した金だ。竹造さんとおてるちゃんの宿代として納めてくれ」

「平八郎さん、そいつは筋違いだ。竹造さんとおてるちゃんは、店を手伝ってくれている。宿代はそれで充分だ。この金は竹造さんの迷惑料にするのが筋ですぜ」

「そうか……」

「とんでもございません。あっしたち父娘は、こうして助けて戴いているだけで充分にございます」

竹造が慌てた。

「なあに遠慮には及ばないよ。さあ、とっておくのだ」

平八郎は、二枚の小判を遠慮する竹造に握らせた。

三

茶道具屋『玉扇堂』は、高価な品物を扱っており、顧客は店を訪れるより屋敷に招く方が多かった。

仙右衛門と手代は、井沢釆女正に竹造の造った贋香炉を納め、『玉扇堂』に戻って来た。

『玉扇堂』には番頭の久助が既に戻り、仙右衛門の帰りを待っていた。

「竹造と娘、いなかっただと……」

仙右衛門は眉を顰めた。

「はい」

久助は怯えを浮かべて頷いた。

「矢吹という浪人の差し金かも知れぬな。佐吉はどうした」

「それが、まだ戻っていないようです」

久助は首を捻った。

「遅いな……」

仙右衛門は苛立ちを滲ませた。

「旦那さま……」

手代が廊下にやって来た。

「どうした」

「へい。表に妙な男がおります」

「なんだと……」

仙右衛門は立ち上がった。

仙右衛門と久助は、手代の先導で店の二階の奉公人部屋に上がり、窓から往来を窺った。

「あの路地にいる奴です」

手代は、斜向かいの路地にいる男を示した。

男は長次だった。

長次は路地に佇み、『玉扇堂』をこれみよがしに見張っていた。

「旦那さま、一体何者でしょう……」

番頭の久助は、微かに声を震わせた。

矢吹の仲間……。

仙右衛門の直感が囁いた。

蜘蛛《くも》の巣だ……。

仙右衛門は、蜘蛛の巣が己の身体に絡みついて来るように思えた。

暮六つが過ぎた。

茶道具屋『玉扇堂』は暖簾を仕舞い、大戸を下ろした。

長次は、『玉扇堂』に嘲りの一瞥を投げ掛け、路地から立ち去った。同時に、二人の浪人が『玉扇堂』の横手から現れ、長次の後を追った。

長次は日本橋室町の往来を進み、神田川沿いの柳原通りに出た。日の暮れた柳原通りには、並木の柳が風に揺れているだけで通る人は少なかった。

二人の浪人は、揺れる柳に身を隠しながら長次を追った。

長次は、柳森稲荷の前でいきなり振り返った。二人の浪人に身を隠す暇はなかった。

長次は鼻先で笑った。

「下手な尾行はいい加減にしな」

「黙れ。お前こそ玉扇堂を見張りおって、一緒に来て貰おう」

「ふん。冗談じゃあねえや」

長次が嘲笑った瞬間、浪人の一人が斬り付けてきた。長次は柳森稲荷の土手に身を投げ、刀を躱した。浪人たちは、長次に手傷を負わせてでも拉致《らち》しようと、猛然と追った。

長次を拉致し、平八郎の正体などを聞き出そうとしたのだ。だが、平八郎が柳森稲荷の背後から現れ、浪人たちの前に立ち塞がった。

「玉扇堂の仙右衛門に頼まれたか……」

「なんだ、お前は……」

「矢吹平八郎だ」

平八郎は笑った。

浪人たちは動揺しながらも、平八郎に激しく斬り掛かった。

平八郎の刀が、夜目にも鮮やかに閃き、二人の浪人の刀を弾き飛ばした。

「ひ、退け……」

二人の浪人は、我先に逃げ出した。

「平八郎さん……」

長次が平八郎に並んだ。

「長次、怪我はないか」

「ええ。大丈夫です。それより、玉扇堂の仙右衛門、大分焦ってきたようですね」

「ああ。じっくりと締め上げてやるさ」

平八郎は楽しげに笑った。

木戸口のお地蔵の頭は、月明かりを浴びて蒼白く輝いていた。

平八郎はお地蔵に手を合わせ、木戸を潜って一番奥にある家に向かった。

平八郎は足を止めた。

誰もいない筈の家に、小さな明かりが灯っていた。

仙右衛門の手の者か……。

だが、そうだとしたら明かりを灯す筈はない。

ならば誰だ……。

平八郎は油断なく身構え、腰高障子に手を掛けた。

「戻ったか、平八郎……」

家の中から榊原右京の声がした。

「右京さん……」

平八郎は腰高障子を開けた。

右京がいた。

「待ちかねたぞ……」

「はあ。どうしたんですか……」

右京が、平八郎の長屋に来る事は滅多になかった。

「まあ、茶でも飲め」

右京は茶を淹れ、平八郎に差し出した。

「はあ。戴きます……」

平八郎は自宅でありながら、妙に畏まってしまった。

「平八郎、茶はもう少し上等な物の方がいいな」

「畏れ入ります。で、何か……」

「うむ。玉扇堂仙右衛門は、旗本三千五百石の井沢采女正と繋がっている」

「井沢采女正ですか……」

「うむ。葵の銀香炉を神君家康公から拝領した井沢家の今の主だ」

「じゃあ、仙右衛門は井沢采女正から本物を見せて貰い、贋物を造るように竹造さんに頼んだのですね」

「そいつは寧ろ井沢采女正が、仙右衛門に頼んだのかも知れぬ」

「井沢采女正が……」

「左様。知り合いの徒目付組頭《かちめつけくみがしら》に聞いたのだが、今は無役の井沢采女正、大目付の座を望み、支配の御老中に推挙を願い、盛んに運動をしているそうだ」

「その運動に、葵の銀香炉が関わりあるのですか……」

「うむ。筆頭老中の水野出羽守《みずのでわのかみ》さま、香炉には眼がなく、名品逸品を集めている好事家《こうずか》らしい」

「では、井沢采女正は、葵の銀香炉を水野出羽守に献上しようとしている……」

「きっとな。だが、何しろ物は神君家康公拝領の葵の銀香炉だ。万が一、その事が洩れると井沢家はお取り潰しとなり、采女正は切腹を免れぬ」

「だから万一の時を考え、井沢采女正は贋の葵の銀香炉を造り、水野出羽守に渡そうとしているわけですか……」

「おそらくな……」

井沢采女正と水野出羽守、欲に駆られた狸と狐の騙し合いのようなものだ。二人がどうしようが、平八郎には関わりのない事だ。平八郎がやらなければならない事は、竹造とおてる父子を護るだけなのだ。

「まったく、暇を持て余すお偉方は、ろくな真似をしない」

右京は嘲笑した。

「で、平八郎、どうする」

「俺は竹造さん父子に二度と手出しを出来ないように、玉扇堂の仙右衛門を叩きのめすだけです」

「井沢采女正はいいのか……」

「竹造さんの口を塞ごうとした時には、容赦はしませんよ」

「いざとなれば贋の葵の銀香炉の事、水野出羽守に密告するか……」

「それも面白いですね」

「よし、そっちは私が始末してやろう」

右京は冷たい笑みを浮かべた。

「お任せします」

贋物を献上されたと知った水野は、おそらくその権力で井沢を破滅に追い込むだろう。

平八郎は笑った。

何れにしろ、竹造とおてる父子の当面の脅威は、玉扇堂仙右衛門なのだ。

そろそろ決着をつける時だ……。

平八郎は思いを巡らせた。

竹造とおてる父子の行方は分からず、佐吉も戻らず、平八郎たちの正体も摑めない。只、得体の知れない蜘蛛の糸が絡みついてくる。

仙右衛門は焦り、苛立った。

下手に動けば、何が起こるか分からない。

仙右衛門は、妾《めかけ》を囲っている寮にも行かず、店の奥座敷で酒を飲むしかなかった。

廊下に足音がし、番頭の久助が仙右衛門を呼んだ。

「旦那さま……」

久助の声は、緊張に僅かに震えていた。

「入れ」

「御無礼致します」

久助が、蒼ざめた面持ちで入って来た。

「どうした……」

「これが、店の土間に……」

久助は結び文を差し出した。

仙右衛門は眉を顰め、結び文を解いて読み下した。その顔は、次第に緊張していった。

「旦那さま、なんと……」

久助は、仙右衛門の顔色を窺った。

「鍛金師竹造の身柄を渡して欲しければ、明日午《うま》の刻九つ丁度、金百両を湯島天神裏に持参しろ……」

仙右衛門は、久助に結び文の文面を読み聞かせた。

「竹造が百両とは……」

「うむ。百両で渡してくれるのなら安いものだが、果たしてそれで終わるかどうか……」

「と、仰いますと……」

「竹造を始末したところで、一度金を払うと金蔓《かねづる》にされてしまうだろう」

仙右衛門は酒を呷った。既に冷え切った酒は、身体を縮めさせた。

「面倒な事に関わって仕舞いましたね。手前は井沢さまをお恨み致します」

久助は眉を曇らせ、吐息を洩らした。

「今更、井沢さまを恨んでも遅い。最早《もはや》、何がなんでも竹造の口を封じるのだ」

「では……」

「殺《や》られる前に殺るしかあるまい……」

仙右衛門の眼に、凶悪な炎が燃え上がった。
湯島天神は、参拝客で相変わらず賑わっていた。
午の刻九つ丁度。
仙右衛門は百両を持った久助を連れ、湯島天神の裏手に廻った。
湯島天神裏手の雑木林は、境内の賑わいをよそに小鳥の囀りだけが響いていた。
仙右衛門と番頭の久助は、辺りを警戒しながら雑木林に踏み込んだ。
雑木林に人影は見えなかった。
仙右衛門は、平八郎たちが現れるのを油断なく待った。
風が吹き抜け、木洩れ日が煌めいた。
煌めきに人影が浮かんだ。
仙右衛門と久助は、思わず身構えた。
人影は、平八郎と竹造だった。
「竹造、矢吹……」
仙右衛門の顔に憎しみが溢れた。
「勝負だぞ、竹造さん」

平八郎は竹造を励ました。

「へ、へい……」

竹造は、恐怖に震えながら頷いた。

「よし、行こう」

平八郎は竹造を連れて進み、仙右衛門たちに対峙した。

小鳥の囀りが消えた。

「良く来たな、仙右衛門……」

「ああ……」

仙右衛門は、竹造を睨み付けた。

竹造は怯え、平八郎の背後に身を潜めた。

「百両、持ってきたか」

「ああ……」

仙右衛門は久助を示した。

久助が、袱紗《ふくさ》に包んだ百両を見せた。

「よし」

平八郎は笑顔で頷いた。

「本当に百両で、竹造を渡してくれるのか」

「心配するな……」

「ならば、早々に渡して貰おう」

仙右衛門が憎悪を浮かべた。

「その前に百両だ」

平八郎は手を出した。

「竹造が先だ」

仙右衛門は怒鳴り、久助と後退した。

周囲の木陰や茂みから浪人たちが現れ、猛然と平八郎と竹造に殺到した。

竹造が悲鳴をあげた。

睨み通りだ……。

殺到する浪人たちの刀が、木洩れ日に煌めいた。

「竹造、俺から離れるなよ」

「南無妙法蓮華経、南無妙法蓮華経……」

竹造は平八郎の背に隠れ、お題目《だいもく》を唱《とな》えて手を合わせた。

次の瞬間、殺到して来た先頭の浪人が、平八郎に斬り掛かってきた。

平八郎が僅かに腰を沈め、閃光を放った。

斬り掛かった浪人が、刀を構えたまま凍《い》てついた。続いて来た浪人たちが立ち竦んだ。そして、斬り掛かった浪人が、茫然とした面持ちで前のめりにゆっくり倒れた。

平八郎は、刀を右手に自然体に構えた。

岡っ引の伊佐吉が、長次と亀吉を従えて駆け込んで来た。

仙右衛門と浪人たちは、平八郎の強さに怯み、岡っ引たちの出現に戸惑った。

「竹造さん、こっちに来るんだ」

伊佐吉の呼び掛けに、竹造は三人の許に逃げ込んだ。

「平八郎さん、竹造さんは引き受けた。存分にやって下せえ」

「心得た」

平八郎は笑みを浮かべ、ゆっくりと仙右衛門に迫った。

浪人たちが、平八郎を取り囲んだまま移動した。

「これ迄だ、仙右衛門……」

平八郎は笑った。

「殺せ、二人とも殺せ」

仙右衛門は顔を歪め、声を引き攣らせた。

刹那、浪人たちが平八郎に斬り掛かってきた。

平八郎は地を蹴った。

刃の咬《か》み合う音が、雑木林に甲高く響いた。

平八郎の刀が瞬くように閃き、赤い血煙りが噴き上がった。

浪人たちが次々と倒れた。だが、倒れた浪人たちは、刀を握る利き腕や脚を斬られてもがいているだけだった。

平八郎に浪人たちの命を奪う気はなかった。

相手は玉扇堂仙右衛門只一人……。

平八郎は仙右衛門に迫った。

仙右衛門は、悲鳴をあげる久助を盾にして後退りした。だが、伊佐吉と長次が、仙右衛門の背後を固めて逃げ道を塞いだ。

浪人たちは平八郎に襲い掛かり、次々と草むらに倒れ伏した。

平八郎の神道無念流の刀の冴えは、浪人たちの敵ではなかった。

「待て……」

平八郎は刀を引いた。

「もう、貰った用心棒代分は充分に働いただろ。そろそろ怪我人を連れて引き上げるんだな」

平八郎は、浪人たちに笑顔を向けた。

浪人たちは、肩で息をつきながら顔を見合わせた。

「殺せ。金は幾らでも、欲しいだけやる。だから殺せ」

仙右衛門は、久助の持っていた百両の小判を撒き散らして叫んだ。

浪人たちは刀を納め、倒れている浪人たちを助けて引き上げて行った。

「金だ。金をやる。殺せ」

仙右衛門は狂ったように叫び続けた。だが、浪人たちに振り向く者はいなかった。撒き散らされた小判は、虚《むな》しく草むらに消えた。

番頭の久助は、仙右衛門の足元の草むらに蹲り、泣きながら許しを請《こ》うていた。

平八郎は苦笑し、仙右衛門に近付いた。

仙右衛門は匕首を抜き放った。

「寄るな。寄るな……」

仙右衛門は震える声で必死に叫び、匕首を振り廻した。

「面白い……」

平八郎は踏み込んだ。
後退りした仙右衛門は草に足を取られ、悲鳴をあげて仰向けに倒れた。
「寄るな、寄らないでくれ」
仙右衛門は涙と鼻水を垂らし、匕首を滅茶苦茶に振り廻した。
醜《みにく》く無様《ぶざま》な姿だ……。
平八郎は哀れみ、呆れ返った。
刹那、仙右衛門は匕首を構え、平八郎に蛙《かえる》のように跳び掛かった。
平八郎の刀が瞬き、仙右衛門の匕首が叩き落とされた。
仙右衛門は笑った。涙を零し、涎を垂らして笑った。
「えへへへへ……」
平八郎がその異変に気づいた瞬間、久助が仙右衛門に体当たりした。
仙右衛門の顔が大きく歪んだ。
平八郎は意外な成り行きに驚き、久助を突き飛ばした。
草むらに倒れた久助の手には、仙右衛門が落とした匕首が握られていた。
伊佐吉と長次が、慌てて久助から血にまみれた匕首を取り上げた。
仙右衛門は脇腹から血を流し、茫然とした面持ちで前のめりに突っ伏した。

「悪いのは旦那さまです。手前は旦那さまの言いつけ通りにしたまでです。お助けを、お助けを……」

久助は仙右衛門を己の手で倒し、泣き喚《わめ》いて助けを求めた。

「長次、亀吉、仙右衛門を……」

返事をした長次と亀吉が、仙右衛門を担《かつ》ぎ上げて駆け去った。

「終わりましたね……」

「ああ……」

平八郎は刀を納めた。

「さあ、一緒に来な」

伊佐吉は、嗚咽《おえつ》を洩らしている久助を立たせた。

「悪いのは旦那さまです。だから手前が懲《こ》らしめてやりました。手前は皆さんの味方を……悪くはございません」

久助は手柄を誇り、仙右衛門の命令どおりにした迄だと言い募った。醜い保身だった。

「そいつは後でゆっくり聞いてやる。さあ、来るんだ」

伊佐吉は久助を連行した。

「矢吹さま……」

竹造が立ち尽くしていた。

「怪我、なかったか……」

「はい、お蔭さまで。いろいろありがとうございました」

竹造にとって仙右衛門が倒れた今、事件は終わったといえる。だが、贋の葵の銀香炉の一件の始末はまだ着いたとはいえなかった。

果たして右京は、どう始末をするつもりなのか……。

平八郎は、竹造を促して雑木林を後にした。

雑木林に木洩れ日が煌めき、小鳥の囀りが戻り始めた。


半月後、井沢采女正は大目付に就任した。その背後には、葵の銀香炉を献上された筆頭老中水野出羽守の強い推挙があったのは云うまでもなかった。

井沢采女正が、大目付になった時から旗本御家人の間に或《あ》る噂が流れ始めた。

井沢采女正は、水野出羽守に東照神君家康公拝領の家宝葵の銀香炉を献上し、大目付の役目に就《つ》いた。だが、献上された葵の銀香炉は贋物であり、水野出羽守は気付かずに喜んだと……。

噂は旗本御家人に瞬く間に広がり、井沢采女正の狡猾さと水野出羽守の間抜けさが囁かれた。

噂は江戸の巷《ちまた》にも伝わり、浪人の平八郎の耳にも届いた。

右京さんの仕業か……。

平八郎は笑い、噂の結末を待った。


井沢采女正の狡猾さは、やがて神君家康公に対する不忠者となった。そして、水野出羽守は、葵の銀香炉が家康公拝領と知って望んだ思い上がり者とされた。

半月後、井沢采女正は異例の早さで大目付の役目を返上し、家督を嫡男《ちゃくなん》に譲って隠居をした。

その背後には、水野出羽守の怒りがあったのは間違いない。

井沢采女正は世間から抹殺《まっさつ》され、水野出羽守は屈辱と汚名を背負った。

「呆気ないものですね」

平八郎は呆れた。

「噂ほど恐ろしいものはないさ」

榊原右京は冷たく笑い、手酌で酒を飲んだ。

「お偉方を殺すに刃物は要らぬ、悪い噂があれば良い、ですか……」

「所詮、人間など上辺だけ見て生きている。噂は噂を呼び、やがて勝手に歩き出す。特に恵まれた者の悪い噂は、思いも寄らぬほど大きくなってな……」

「嫉妬ですか……」

平八郎は、吐息混じりに酒を啜った。

「うむ。恵まれている者の足を引っ張るのは、人間の隠された本性かもしれぬ」

右京は淋しげな笑みを浮かべ、酒を飲んだ。

井沢采女正は、手段を選ばず栄達を望んで滅んだ。そして、水野出羽守は〝恥辱〟という制裁を受けた。

平八郎は、人間の愚かさと哀しさを思い知った。

「ところで平八郎、玉扇堂仙右衛門たちと竹造はどうした」

「はい。仙右衛門はどうにか命をとりとめたのですが、寝込んだままになりました。番頭の久助は放免され、行方知れずになったそうです。そして、竹造さんは相変わらず銀を叩いているそうです」

「そうか……」

竹造とおてる父子は、何事もなかったように元の暮らしに戻っていた。

一番強いのは、追い詰められて身投げをした竹造なのかも知れない……。

平八郎の脳裏に、竹造の笑顔が過ぎった。

身投げ志願……。


平八郎は、右京の猪口に酒を注ごうとした。だが、銚子は空だった。

「おりん、酒をくれ」

平八郎は叫んだ。

おりんは、客の間を忙しく行き交いながら返事をした。神田明神門前の居酒屋『花や』は、今夜も賑わっていた。

コスミック・時代文庫

素浪人稼業《すろうにんかぎよう》【一】

2025年3月25日　初版発行
2025年6月7日　3刷発行

【著者】
藤井邦夫《ふじいくにお》

【発行者】
松岡太朗

【発行】
株式会社コスミック出版
〒154-0002 東京都世田谷区下馬 6-15-4
代表　TEL.03(5432)7081
営業　TEL.03(5432)7084
FAX.03(5432)7088
編集　TEL.03(5432)7086
FAX.03(5432)7090

【ホームページ】
https://www.cosmicpub.com/

【振替口座】
00110-8-611382

【印刷／製本】
中央精版印刷株式会社

乱丁・落丁本は、小社へ直接お送り下さい。郵送料小社負担にて
お取り替え致します。定価はカバーに表示してあります。

ISBN978-4-7747-6630-0 C0193